大理石像

МРАМОР
MARBLES

[美] 约瑟夫·布罗茨基 著　刘文飞 译

上海译文出版社

图书在版编目(CIP)数据

大理石像/(美)约瑟夫·布罗茨基(Joseph Brodsky)著;刘文飞译.
—上海:上海译文出版社,2020.1
(布罗茨基文集)
书名原文:Mramor/Marbles
ISBN 978 - 7 - 5327 - 8248 - 2

Ⅰ.①大… Ⅱ.①约…②刘… Ⅲ.①剧本—美国—现代
Ⅳ.①I712.35

中国版本图书馆 CIP 数据核字(2019)第 251352 号

图字:09 - 2019 - 188 号

大理石像

[美]约瑟夫·布罗茨基 著 刘文飞 译
策划/冯涛 责任编辑/宋佥 装帧设计/小阳工作室

上海译文出版社有限公司出版、发行
网址:www. yiwen. com. cn
200001 上海福建中路 193 号
杭州宏雅印刷有限公司印刷

开本 889×1194 1/32 印张 5.5 插页 5 字数 47,000
2020 年 1 月第 1 版 2020 年 1 月第 1 次印刷
印数:0,001—8,000 册

ISBN 978 - 7 - 5327 - 8248 - 2/I · 5061
定价:42.00 元

剧中人物

图利乌斯·瓦罗，罗马人；

普勃利乌斯·马克卢斯，"野蛮人"。

第一幕

[公元后 2 世纪。

[普勃利乌斯和图利乌斯的囚室：理想的两人居所，介乎一居室住房和太空飞船舱室之间。装饰风格：更像帕拉第奥①，而非皮拉内西②。窗外风景能让人感觉位置很高（比如说有飘浮的云朵），因为监狱坐落在一座高约 1000 米的铁塔上。窗户或为圆形，像舷窗；或为四角磨圆的方形，像银幕。囚室中央是一根圆柱，装饰成多立克式样，或者说是支柱，是一根圆柱的外层，里面装有电梯。这根圆柱纵贯整座塔，像是芯棒或轴心。这的确是一根轴杆，本剧在舞台演出期间所出现的一切，以及自舞台消失的一切，均通过这根轴杆上的孔洞出现或消失，轴杆上的孔洞集送餐通道和垃圾通道于一体。此孔洞旁是主电梯的门，此门仅有一次打开，是在第三幕开头。圆柱两侧是普勃利乌斯和图利乌斯的小囚室。设备：浴盆、桌子、洗脸池、坐便器、电话、嵌入墙壁的电视屏幕、书架。书

架上和壁龛里摆有古代经典作家的雕像。

[正午。

[普勃利乌斯是个 30—35 岁间的男人，体胖，有些谢顶，他在听金丝雀鸣叫，金丝雀被关在窗台上的鸟笼里。帷幕升起，持续近一分钟，其间只能听见金丝雀的鸣叫。

普勃利乌斯

喂，图利乌斯！就像一位诗人说的那样，如果我们在这里，在人间，能被这样的声音所抚慰，那么上帝在天堂或许也能听见。

[图利乌斯比普勃利乌斯大十来岁，体瘦，健壮，头发像是金色。帷幕升起时他躺在冒着热气的浴盆里，读着书，抽着烟。

图利乌斯

（目光并未离开书本）哪位诗人说的？

普勃利乌斯

不记得了。好像是一位波斯诗人。

---

① 帕拉第奥（1508—1580），意大利建筑师，其建筑讲究对称，四面有柱廊，中央有穹隆顶。
② 皮拉内西（1720—1778），意大利雕刻家和建筑师，其作品强调光影和空间的对比，注重细节。

图利乌斯

野蛮人。(翻过一页。)

普勃利乌斯

野蛮人又怎么样?

图利乌斯

野蛮人。亚美尼亚人。黑屁股。整个儿一张羊脸。

   [静场,金丝雀的鸣叫。

普勃利乌斯

(模仿鸟叫)乌——啾——啾——啾——乌……

图利乌斯

(拧开水龙头;水流声。)

普勃利乌斯

乌——啾——啾——啾——乌……图利乌斯!

图利乌斯

什么事？

普勃利乌斯

你那份甜点一点儿也没剩下？

图利乌斯

你看看床头柜里……你那份看来是吞光了。你像头动物。

普勃利乌斯

你明白吗，图利乌斯，我完全是随便问问的。我没想吃。甜点是个意外。因此我也不可能想要吃它。我恰好想要留下它。更确切地说，留到想吃的时候再吃。这是突发奇想！在这里待得太久了，好像打生下来就没见过甜点。

图利乌斯

你是再也见不到了。至少是这种甜点。

普勃利乌斯

是吗？那为什么？

图利乌斯

你去读读指南吧。（把书扔在地板上，在浴盆里伸展四肢）他们那里有台计算机。由计算机编制菜谱。饭菜 243 年才会重复一次。

普勃利乌斯

你是怎么知道的?

图利乌斯

我说了，你去读读指南。那里什么都写得很清楚。第 6 卷，第 30 页。"Y"部，"饮食"……建议你熟悉一下。

普勃利乌斯

我可不是受虐狂。

图利乌斯

不管你是不是受虐狂，亲爱的普勃利乌斯，你反正是再也见不到这种甜点了。到死也见不到了。既然你不是永远流浪的犹太人。

普勃利乌斯

真遗憾……我又有什么可遗憾?！是走运。

图利乌斯

你去翻翻床头柜。可怜的金丝雀……

　　[普勃利乌斯走向图利乌斯的小囚室，打开床头柜，在里面搜寻；他掏出一小块甜点，端详片刻，然后突然一口吞下。

图利乌斯

（愤怒地大喊，爬出浴盆）你这个混蛋，你在干什么！这是留给金丝雀的！（突然安静下来）不过，我也早就料到了。总是这样。（爬回浴盆）起初整死一只猫，然后是一条鱼。然后是一只兔子。现在，看来又要来对付金丝雀了……

普勃利乌斯

（激动地）不是这么回事。图利乌斯！我没想吃……

图利乌斯

（两手支撑在浴盆中欠起身体）这只鸟也可能再也见不到这种甜点了，这你想过吗？

　　[普勃利乌斯垂头丧气，走近窗户，用指头敲打鸟笼。

普勃利乌斯

乌——啾——啾——啾——乌……

　　[金丝雀没有回应。

普勃利乌斯

乌——啾——啾——啾——乌……现在怎么办呢，啊？我们等
着吃午饭吧，啊？（自言自语）虽说这午饭，他们那里总是些
熟食，好让胃部活动起来，每次都想吃，好让我们活得更久
些，坐满刑期，一次也不便秘，是啊，是啊，计算机，我把你
放了吧？（静场）图利乌斯！

图利乌斯

什么事？

普勃利乌斯

把这鸟儿放了吧？

图利乌斯

好吧。

普勃利乌斯

可它毕竟会唱歌啊。

图利乌斯

去你的吧。

　　[静场。普勃利乌斯走近电话，拿起话筒拨号。

普勃利乌斯

是司法官先生吗？我是1750号囚室的普勃利乌斯·马克卢斯。您知道吗，我们这里有一只鸟。是的，金丝雀。是这样的，可不可以来点小米或者大麻籽……是的，是的，最好是小米。什么——么？要算进我的份额？我的第二道菜要减去100克？好吧……唉，就这——这样！是的。我不同意。（扔下话筒）见鬼！

图利乌斯

怎么回事？

普勃利乌斯

该死的电梯！……瞧见了吧，它按规定运行，不多也不少……他说，我的第二道菜要减掉一半。司法官说的。这个混蛋。

图利乌斯

我们今天第二道菜吃什么呢?

普勃利乌斯

(按下床头的遥控器按钮,迅速查看屏幕上的文字)吃鸡冠。

图利乌斯

鸡冠炒什么?

普勃利乌斯

炒辣根。

图利乌斯

不错。

普勃利乌斯

一辈子吃一回。

图利乌斯

他们是施虐狂。

普勃利乌斯

尤其是司法官。

普利乌斯

不关司法官什么事。问题全在这部电梯。往下运大便，往上运食物。比例严格。永动机……我真想知道是从哪儿开头的。

普勃利乌斯

什么意思？

图利乌斯

是先有鸡还是先有蛋。

普勃利乌斯

这我要去问上帝。在末日审判的时候问。

图利乌斯

野蛮人。

普勃利乌斯

我是开玩笑。

图利乌斯

反正是个野蛮人。所有教权主义者都是野蛮人。甚至连怀疑者也是。尤其是他们。把电话递给我。

普勃利乌斯

给你。(把话筒递给图利乌斯。)

图利乌斯

喂。司法官先生。我是 1750 号囚室的图利乌斯·瓦罗。您为什么要把我和一个野蛮人关在一间囚室里呢?他信上帝。更确切地说,他不信。但这也就是信上帝。委员会看走眼了吗?这个人不是罗马人。是的,出了差错。没了,没有其他投诉了。就这样!司法官先生,您是一坨臭大粪。我要向元老院投诉。是的,我会找到办法的。(挂上话筒。)

普勃利乌斯

他说什么?

图利乌斯

他说,毫无办法。他说,信仰不是标准。没有信仰也不是标准。

普勃利乌斯

什么是标准?

图利乌斯

他说，就是置身帝国境内，再加上选择的缺失。也就是无处可去。他说，根据最新法令，该标准适用于所有哺乳动物。

普勃利乌斯

我跟你说了，他是个混蛋。

图利乌斯

不，这与司法官没有关系。这全都是卡利古拉皇帝搞出的名堂。他认为既然他们同名，他就能……再加上，各个委员会也全都垮了。他们把一匹马送进了元老院民权委员会。① 这匹浅黄色的马叫塞扬努斯。我承认我们的元老院一直很有代表性。人类历史上最有代表性的元老院。最终是应该有人来捍卫动物的权益……可是民权！那匹浅黄马强调，计算中心在提比略时代获得的数据已经过时了。

---

① 据说，历史上的卡利古拉皇帝一度想要任命他最心爱的一匹马为执政官。

普勃利乌斯

什么意思?

图利乌斯

什么意思，什么意思！……就是这样规定的，在所有的时代，在法老时代，在古希腊，在罗马，在基督教时代，在穆斯林那里，在亚洲人那里，等等等等，在所有的时代，每一代都有大约 6.7% 的人被关进牢房。

普勃利乌斯

这也不算太多……

图利乌斯

不多不少……以这个数据为基础，提比略一劳永逸地制定了我们的囚犯数目。这真是一项真正的司法改革！是吗？可提比略走得更远。他把这 6.7% 的比例缩减到 3%。因为他们那里刑期不同。比如在基督徒那里， 10 年期很普遍，也有 25 年的。总之，提比略取了一个中间值，他取缔死刑，颁布一项法令，根据这项法令，我们大家……

普勃利乌斯

我们大家都属于这 3%？

图利乌斯

是的，根据这项法令，这3%将终身坐牢。无论你是否犯罪。这也是一种税负。元老院自然支持这项法令，民权委员会也组织了一个监督小组，以免出现大规模的逮捕。如今，这匹浅黄色的马塞扬努斯却在搅浑水，坚持要重新审查计算中心的数据。

普勃利乌斯

用什么方式审查呢？

图利乌斯

我不清楚。可能就是叫上几声……（学马叫）民——民——民……权——权——权……（静场）他们那里到处都是电子翻译器。宇宙程序的副产品。让他们见鬼去。

普勃利乌斯

那么它认为比例应该提高还是降低呢？

图利乌斯

我不清楚。可能是降低，它在充当自由派。

普勃利乌斯

这倒不坏。

图利乌斯

（高喊）这有什么好处?！这有什么好处?！

普勃利乌斯

怎么啦? ……这里会变得更宽敞……要不然到处都堵满了大
粪……

图利乌斯

就算是没堵满，那也还是大粪！有谁需要牢房里的宽敞呢?
你自己想一想！牢房里的宽敞！你可别把牢房当成私家住
宅了。

普勃利乌斯

（沉思地）这再简单不过了：把住宅变成牢房，把牢房变成
住宅。

图利乌斯

说的是啊!

普勃利乌斯

得了，图利乌斯，别急！元老院未必会听它的。

图利乌斯

（阴郁地）很有可能。它在利比亚打过仗。立过功。此外，他们都爱疯了自由派……卡利古拉在听他那匹马演说的时候开心极了。

图利乌斯

谁开心？是他还是他那匹马？

图利乌斯

有什么区别呢！我的托加①呢？

普勃利乌斯

你把它扔那儿了。（手指图利乌斯的小囚室）你要是洗完了，可别放水。（开始脱衣服。）

图利乌斯

野蛮人，节约上瘾了。

---

① 托加为古罗马男子的服饰，为兼具披肩、饰带和围裙的长袍，也是罗马人的身份象征。

普勃利乌斯

我？我要是节约……我要是节约，也只节约时间……要说上瘾，整个罗马都迷上了水管。更确切地说，被水管弄得心神不定。你以为我不清楚？台伯河早就完了，我们都有功劳。我们的水管很出色，水量充足！不依靠台伯河。这是物理学！连通器！关键是过滤系统。（钻进图利乌斯的浴盆）就像一位诗人说的那样："人不能两次踏入同一条河流。"胡说八道！完全可以踏入。（很享受）啊——啊——啊……H_2O……瞧，水不多不少……除了蒸发的……还有你擦干身子时擦掉的……也未必……毛巾会送去清洗，把吸掉的水再吐出来……我相信，我们的铁塔水压还很稳定。

图利乌斯

据说很稳定。

普勃利乌斯

我还相信，有人曾在这水里洗过澡。这水里能感觉到……不是那种亲切熟悉的味道。

图利乌斯

卡利古拉可能洗过。

普勃利乌斯

提比略也洗过。

图利乌斯

塞扬努斯也洗过……

普勃利乌斯

要是过滤器会说话就好了……（静场）我老婆也在这水里洗过……还有你老婆。

图利乌斯

你说这话什么意思？

普勃利乌斯

没什么……孩子们也洗过。水，到处都有水。住宅里有，牢房里也有。我说，是连通器。

图利乌斯

连通器有人有，有人没有。

[静场。

普勃利乌斯

这事很奇怪。图利乌斯，我知道会出这种事。我还是个孩子的时候就知道。我们大家全都知道。再说，我父亲没坐过牢。爷爷也没坐过牢。可我还是没想到。我成了家，有了孩子……

图利乌斯

瞧，普勃利乌斯……这只能说明，我们的委员会高瞻远瞩。

普勃利乌斯

（惊讶地）怎么讲？

图利乌斯

就是说，他们等你有了后代之后才让你坐牢。大约就是在你对老婆感到厌烦的时候……就是在一切都失去意义的时候。在"终身"这个单词获得意义的时候。不会提前……毕竟是计算机。

普勃利乌斯

是啊。高科技……

　　[静场。

普勃利乌斯

你在读什么?

图利乌斯

贺拉斯。

普勃利乌斯

什么?

图利乌斯

一位经典作家。兴致勃勃。像所有祖先一样。

普勃利乌斯

订一座他的胸像吧?

图利乌斯

反正也不需要喂养。

普勃利乌斯

金丝雀放哪儿呢?

图利乌斯

放了它吧。否则它会饿死的。或者死于缺氧。

普勃利乌斯

可惜。

图利乌斯

可惜放走它，还是可惜它会死?

普勃利乌斯

都有点……放走也可惜。你知道吗，它会飞过一年四季……飞上 360 天……又是多余的想法……我们在这里要待到死。瞧，没人会释放我们的。对于我们来说，在这里坐牢就是生活。有意思。这鸟儿还能怎样呢? 它是个生灵，可它甚至没有大脑。只有一个喙……放了它是可惜。

图利乌斯

那它会死的。

普勃利乌斯

我们呢，我们就不会死吗? 图利乌斯，我们也会死的! 有人可怜我们吗? 啊? 它会可怜我们吗? 怎么可怜? 我说，它连大脑

也没有……就算有，能有多大的脑子？那玩意儿根本不够来思
考我们两个人的……

图利乌斯

这么说，你不相信缩微……

普勃利乌斯

问题不在这里……我们可怜它。可另一方面，它又会唱歌。

[静场。

图利乌斯

你快死的时候，我也会可怜你。如果条件合适，就按你的方式
可怜你。

普勃利乌斯

（拥抱图利乌斯）你最好现在就可怜我……

图利乌斯

别乱抱！

普勃利乌斯

你最好现在就可怜我，图利乌斯！

图利乌斯

住手，我说你呢！

普勃利乌斯

我又没干什么……

图利乌斯

没干什么？这是谁的玩意儿？你都勃起了。（爬出浴盆）我的托加呢？

普勃利乌斯

（在浴盆里躺得更舒服一些）你的话真值钱啊。还说什么"我可怜你"！……怎么个可怜法！我知道你是怎么可怜我的。把我扔进垃圾道，弄个白痴来取代我。我下去，他上来。

图利乌斯

电梯就是这么工作的。平衡原则。司法的象征。

普勃利乌斯

（继续自己的话）你会跟他闲扯……甚至还会……抱一抱……
如果他很年轻……更重要的是，更重要的是，那一定会是个白
痴……大便，你自己说的……是个放牧人。要么是个扈从……
不过你会彻底忘记我的……就像从来没存在过。从眼前消失，
从心中消失。就像俗话说的那样，换条床单。

图利乌斯

的确如此。

普勃利乌斯

这样也会更安静一些。自我保护的本能，外加禁欲者的做派。
再说，这两者也是一回事。得到司法官的充分支持。等你充分
保护住自己，你也会被塞进垃圾道了。

　　[静场。

图利乌斯

（裹上托加）我们都会去那里的。

普勃利乌斯

是啊，没错。你会高于这一切。

图利乌斯

重要的是要保持比例。

普勃利乌斯

公民……国家的支柱……（静场）臭狗屎！

图利乌斯

你自己也是臭大粪。野蛮人。或许甚至是个基督徒。你怕死。你哪能算是个罗马人？！家庭，孩子……没有比这更糟的了！这都是野蛮人的习气，你懂吗？都是对自由的渴望！你的自由是个什么概念？女人，仅此而已。现在要是让你选，去干一个妓女或者在病床上腐烂，你选哪个？

普勃利乌斯

当然是干妓女。

图利乌斯

你瞧！对于你来说，这两者还是有区别的。其实没有任何区别，普勃利乌斯！岁月在流逝！一切问题全在于岁月的流逝。无论你做什么，你都是在原地踏步，而岁月在流逝。更重要的是，这就是时间。提比略就是这样教导我们的。罗马的任务，就是与时间融为一体。这就是生活的意义。不要多愁善感！别唠叨什么女人、孩子、爱情、仇恨。别去思考什么自由。明白吗？你将和时间融为一体。因为除了时间，什么都不会剩下。你就是静止不动，也是在和时间一起前行。别落下，也别追赶。你自己就是钟表。而不是看钟表的人……这就是我们罗马人的信仰。不依赖时间，这就是自由。而你是个野蛮人，普勃利乌斯，是个肮脏的野蛮人。我真想杀了你，要不是知道他们马上就会另派一个人来填补你的空缺。那个人或许更野蛮。尤其在如今，当他们把塞扬努斯也牵到委员会去的时候。

普勃利乌斯

（在浴盆里侧了一下身）这么说……我也许应该自杀，啊？用罗马人的方式，就在这里，在浴盆里。就像苏拉①那样。

图利乌斯

他们反正会另派一个人过来。（静场）你自己也清楚，因为有电梯。

普勃利乌斯

见鬼。

---

① 苏拉（前138—前78），古罗马统帅、政治家。苏拉寿终正寝，并未在浴盆里割腕自杀。

[静场。

　　图利乌斯

就像一位诗人所说的那样:"啊,岁月在飞驰……"

　　普勃利乌斯

谁说的?

　　图利乌斯

贺拉斯。

　　普勃利乌斯

见鬼。把电话递给我。

　　图利乌斯

给。

　　普勃利乌斯

是司法官先生吗? 我是 1750 号囚室的普勃利乌斯·马克卢斯。请您给我们囚室送一座诗人贺拉斯的雕像来。是的,贺拉斯。贺——拉——斯。(面对图利乌斯)按字母顺序来……

图利乌斯

荷马，奥维德，拉美西斯，阿喀琉斯……

普勃利乌斯

荷马，奥维德，拉美西斯，阿喀琉斯……

图利乌斯

恺撒，耶和华，伊阿宋。

普勃利乌斯

恺撒，耶和华，伊阿宋……对了，昆图斯·贺拉斯·弗拉库斯。什么，太占地方了？有什么区别呢，司法官先生？是的，监狱就是空间的缺乏，其补偿就是时间的过剩……是的，越快越好。还有什么？

图利乌斯

象棋。

普勃利乌斯

还有象棋……十分感谢，司法官先生。（挂上话筒）这个混蛋司法官。没文化。

图利乌斯

他的职务不错。

普勃利乌斯

有什么好的呢?

图利乌斯

这不……接接电话。就这些事。

普勃利乌斯

是啊。 1000 银币。全都是公家出。根本不用操心。知道密码,坐在计算机后面看着就是了。我真是个傻瓜,没去应聘,本来是有个空缺的。

图利乌斯

他们反正不会录用你的。

普勃利乌斯

这为什么?

图利乌斯

你家里从来没人坐过牢。这样的人是不能担任国家公职的。祖先在铁塔里待过，他们的后代才有资格担任司法官、元老和执政官。哪怕是第四代。突然有一天，被任命为罗马的官员……你自己想想，你怎么可能当元老呢，既然你的前景就是铁塔？

普勃利乌斯

听天由命吧。

图利乌斯

唯一的安慰就是，孩子会长大成人。（静场）你儿子叫什么名字？

普勃利乌斯

屋大维。

图利乌斯

名字不错……他会成为司法官的。要么就是元老。甚至成为执政官。瞧，一转眼就会成为第一公民的。漂亮的名字是成功的保证，是成功的一半。提比略禁止人们起圣徒的名字，他做得对。菲奥多特这个名字怎么可能成为第一公民呢？斯坦利，不是更糟糕吗？这简直成了笑柄。屋大维，这很像一回事！……

提比略也不错。我就给我大儿子取名提比略。

普勃利乌斯

那小儿子呢?

图利乌斯

也叫提比略。老二也叫……

普勃利乌斯

(若有所思地)不管怎么说,提比略是个大人物……要不是他
想出这么个帝国来,我们大家还不知道身在何处呢……

图利乌斯

他还把都城改名为罗马……有点腐烂了。欧洲的落后边陲。

普勃利乌斯

好像是的。(静场)天气怎么样?

图利乌斯

(走近窗户往下看)云层很低。什么也看不清。多云……罗马
此刻可能在下雨。

普勃利乌斯

你看看温度计。

图利乌斯

（并未改变姿势）室内的还是室外的？

普勃利乌斯

室外的。

图利乌斯

摄氏零上 10 度。

普勃利乌斯

有点冷。

图利乌斯

这对于你来说有什么区别呢？那是室外温度。

普勃利乌斯

是没有意义。但毕竟是温度计。（静场）罗马现在真的在下雨吗？……

图利乌斯

与你有关系吗?

普勃利乌斯

我也是罗马人……至少因为我身在此处……

[静场。

图利乌斯

我们大家现在都是罗马人。(看温度计)他们干吗要把这玩意挂在这儿呢?这些施虐狂。

普勃利乌斯

我在高卢打仗的时候,他们在兵营里开了一家妓院。妓院女老板,那条母狗,你知道她想出什么法子来了吗?她在床垫的弹簧上安装了计价器。你能想象吗?

图利乌斯

看来你总是要谈女人……

普勃利乌斯

哪里的话，我想起一个当兵的，他总是搞不够。两个银币。棒极了。他那张脸和你现在一个样。一模一样。

图利乌斯

看你自己吧，你这个混蛋。（从书架上取下一本书，仰面躺在床上。）

普勃利乌斯

（出声地推论）零上 10 度。高度是海拔 500 米。如果不算卡比托利欧山①的高度。我想，那座山应该是 700 米高。 700 米高度上是零上 10 度。在罗马温度应该高 5 度。如果那里在下雨，就说明温度不低。台伯河的水一定很浑浊。就像一位诗人说的那样。人们疾步如飞，猫在窗口喵呜喵呜地叫。看不见铁塔。下雨的时候没人会想到铁塔……建筑有什么意义……我要是也在罗马，也许会去元老院。下雨的时候坐在元老院，听人们讨论法律，这是一件奇妙的事情。表决……我当然会投赞成票。甚至不管赞成的是什么。有人会投反对票。有什么区别呢？这就是民主。我就本性而言是个实证主义者。当人们举手表决时，大厅里涌起一阵波浪。在别人的腋下……在你赞成少

---

① 卡比托利欧山为罗马七座山丘之一，也是最高的一座，曾为罗马宗教和政治中心，现位于古罗马广场与战神广场之间。

数派的时候，甚至感觉更棒……唉，只要想一想就很棒：你坐在元老院，外面下着雨，屋里很暖和，你举起一只手臂……（静场。举起一只手臂，用鼻子闻一闻）……民主……图利乌斯！

图利乌斯

得了吧。

普勃利乌斯

你一直在读书……你对过去感兴趣。当然，大量的历史，同样数量的现在。而且还有未来。甚至连地理学也都完全消失了。只有殖民地，帝国的组成部分。随便你往哪里看，莫非帝国。即便那些独立国家……也只剩下地形学。上上下下……你读吧，读吧，当你把所有的书都读完……书还是会留在书架上，你却会被送进垃圾道。就像一位诗人说的那样："为祖国赴死甜蜜而又光荣。"① 是啊……很甜蜜。

图利乌斯

真的，今天我们的甜点吃什么?

_____

① 此为贺拉斯的诗句。

普勃利乌斯

但愿还是那种小蛋糕。

图利乌斯

告诉你了，不会重样的。

普勃利乌斯

是啊，一切都在重复，除了菜谱。

图利乌斯

你肯定希望情况恰好相反。

普勃利乌斯

那倒未必！

图利乌斯

我说了，你是个野蛮人。（合上书，起身。）

普勃利乌斯

这和野蛮人有什么关系？！你干吗嚷个不停？野蛮人！野蛮
人。像条狗似的乱叫……

图利乌斯

我是说，真正的罗马人从来不寻求差异。真正的罗马人对一切都无所谓。真正的罗马人渴望一致。菜谱天天不一样，这甚至是一种欺骗。菜谱应该天天一个样。就像一模一样的每一天。就像时间本身……这是一种姑息，姑息我们的食物。还没有出现完全的一致。不过，会出现的。

普勃利乌斯

怎么可能都无所谓呢？有甜点和没甜点难道是一回事儿吗？

图利乌斯

是的。从永恒的角度看，缺席就等于在场。也就是说，真正的罗马人认为差异就是下流的女人。因此，菜谱最好天天一个样。

普勃利乌斯

甜点是吃不够的。要么是没……是啊……甜蜜而又光荣。

图利乌斯

光荣而又甜蜜……一致终将出现。也就是说，风格的一致。没有任何多余之物。可以说，就从我们开始……

普勃利乌斯

是吗？可你还可怜金丝雀。

图利乌斯

不是可怜，是留下它。

普勃利乌斯

这还不是一回事……

图利乌斯

绝对不是。（沉思地）是有点可怜，因为这是一只金丝雀，而不是，比如说，不是一只黄蜂。

普勃利乌斯

黄蜂?！什么黄蜂?！

图利乌斯

因为要缩微。列成公式。象形文字。符号。计算机化的……就像他们的计算机。计算机就完全是一个大脑。身子越小，脑袋越大。用硅制成的。

普勃利乌斯

图利乌斯!

图利乌斯

就像古人那样……我是想说，比如，一只黄蜂，把它抓进杯子，盖上小茶碟……

普勃利乌斯

会怎么样?

图利乌斯

它在杯子里面，就像竞技场上的角斗士。也就是说，缺乏氧气。杯子就像斗兽场，缩微的斗兽场。如果不是带棱的玻璃杯，就更像了。

普勃利乌斯

那又怎么样?

图利乌斯

这就是说，金丝雀太大了。几乎是个动物。风格上不合适。是就时代风格而言的。会占据很大地方。黄蜂却很小，全身都是大脑。

普勃利乌斯

哪里会占据很大地方！不就一个鸟笼吗？

图利乌斯

同义反复，普勃利乌斯。同义反复。或许能给你多留点地方。

普勃利乌斯

好吧，黄蜂你就别盼了。它们会蜇人的。

图利乌斯

这总比叽叽喳喳乱叫更诚实一些，在这种情况下。再说，这鸟也飞不起来了。它吃撑了。

普勃利乌斯

（摸摸自己的肚皮）是啊，这鸟胖了 100 克，这可不像我兄弟胖 100 克那么简单……我也许因此才需要甜点……

图利乌斯

那你就也飞不起来了。

普勃利乌斯

唯一的安慰就是，我不会那么容易就钻进垃圾道的。图利乌

斯，（抚摸自己的腰身）你躲不掉的。等我咽气的时候你会难
过的。

图利乌斯

他们拉了一张网，普勃利乌斯。网状粉碎机。塔陪亚悬崖①风格
的绞肉机原理，法令上写得很清楚。我记得，我童年时读过这
部法令。否则人们会逃跑的。这张网后面，是成群的鳄鱼……

普勃利乌斯

我记得我之前也读到过，在以前还允许探监的时候，有人把许
多小球缝进阳具的表皮底下，目的是增大直径。阳具的关键不
是长度，而是直径。因为你的女人也可能与其他男人鬼混。于
是就想出这么一个主意，在探监的时候让她获得那样一种……
享受，她之后就再也不会想要其他男人了。只想要你。因此需
要这些小球。据说，用珠母做成的最好。虽说，你想想，哪里
能弄到这些珠母呢？要么用硬橡胶，用硬橡胶做一根细棍。用
锉子锉出一些小球，直径两三毫米，然后去找外科医生。这外
科医生就把小球塞到你的表皮下面去。最特别的肉体……用车
前草敷两天，然后就可以去约会了……有些人在获释后也不愿
摘除这些小球。不愿意……

_____

① 塔陪亚悬崖在罗马卡比托利欧山西侧，古罗马时期的行刑地，犯人常被
在此推下悬崖。

图利乌斯

提比略就是因此才取缔了探监。

普勃利乌斯

（高喊）他有什么舍不得的？！如果每个人……一年只搞一次！……再说，如果是终身监禁？！！他还是舍不得，是吗？（安静下来）真好笑：一年只搞一次女人他还觉得舍不得……真好笑！

图利乌斯

还是比弄出孤儿来要好些。

普勃利乌斯

那罗马军团就别派兵去利比亚了。还有叙利亚。还有波斯。

图利乌斯

这是两回事。甜蜜而又光荣……光荣而又甜蜜……为祖国而死。

普勃利乌斯

做爱也很甜蜜。

图利乌斯

所以被取缔了，以免你把两者弄混了。

普勃利乌斯

把甜蜜和光荣混在一起？

图利乌斯

是把欢乐和利益混在一起，普勃利乌斯……探监与整个司法理念相悖，与铁塔的整个原则相悖。更不用说做爱了。做爱就等于是从铁塔逃跑。

普勃利乌斯

怎么可能是逃跑呢？我们可是终身监禁啊。

图利乌斯

不是说你，普勃利乌斯。你难道真的不明白？不是说你，说的是你的精液。这就是逃跑。更确切地说，是泄漏。你要学会抽象思维，普勃利乌斯。事情总是在于原则。在于物质中存在的观念，而不在于物质自身。既然是终身，那就是终身。生活是观念。精液则是物质。

普勃利乌斯

（高喊）可我反正是要泄的！（安静下来）瞧，床头柜完全发黄了。

图利乌斯

因此他们取缔了，以免你把两者弄混。

普勃利乌斯

弄混什么？

图利乌斯

观念和物质。床头柜我们再预订一个。当然，如果你舍得这个旧床头柜的话。

普勃利乌斯

（扫了一眼床头柜）我舍得。

图利乌斯

（拿起话筒）喂，司法官先生。我是 1750 号囚室的图利乌斯·瓦罗。对，又是我。您能给我们送一个新床头柜来吗？是的，最好是镀铬铁的。是的，那个旧的——说得更好听些——就是锈迹斑斑了……是的，只要一个……十分感谢，司法官先

生。抱歉，我没听清。天鹅之歌？什么？还有什么老来俏？我
是为普勃利乌斯·马克卢斯先生预订的。什么？是的，他不太
好意思。十分感谢。（挂上话筒）你会有个新床头柜了。

普勃利乌斯

谢谢。

图利乌斯

不谢。

普勃利乌斯

（打量床头柜）现在就扔了它？……

图利乌斯

最好现在就扔。从眼前消失，从心中消失。要帮忙吗？

普勃利乌斯

（带有醋意地）不！我自己来。

图利乌斯

你知道的……很沉……你在里头发现什么了？再说它又是
方的。

普勃利乌斯

我发现它是方的了。你看看四周。全是圆的。流线型的。现代派人士把罗马折磨坏了……正方形里有令人安慰的信赖。旧体制的信赖。一大堆直角。忠诚的理念。到处都有抓手。红木。家具！可以在上面刻一些字。

图利乌斯

是啊，比如："普勃利乌斯加床头柜。等于爱情。"虽说纹身会更好看些。当然，要看纹在什么位置……

普勃利乌斯

（沉思地）是啊，纹身当然更自然些。（开始推床头柜）没有什么比纹身更自然的了。如果是终身的，更加如此。

图利乌斯

要帮忙吗?

普勃利乌斯

（喘息）没什么，我自己来。

图利乌斯

自己来，自己来……小心别累坏了。

普勃利乌斯

（喘息）你好像是嫉妒了吧？嫉妒人有事情干……不，最好还是我自己来。

图利乌斯

看来你也是个爱吃醋的人。你肯定也怕胳肢。爱吃醋的人都怕胳肢。

普勃利乌斯

你在老调重弹，图利乌斯。（喘息）老——调——重——弹——啊。这话我听过好多次了……不过另一方面……

图利乌斯

是的，你是要抓住柜子的另一方面。左面。

普勃利乌斯

另一方面，如果是终身，就不算重复。在一定程度上，（喘息）在一定程度上，你能说的话也只有这些……（喘息）能被说出的话也只有这些……话都被说过了。被你说过了，要么是被我说过了。我听过很多次了。要么是说过很多次了。说话，在一定程度上就是纹身。（模仿图利乌斯的腔调）"要帮忙吗？""我可怜你。"

图利乌斯

不过，（模仿普勃利乌斯的腔调）"不，我自己来。"这话我也听过很多次了。太多次了。就像听录音。就像录音机或者录像机。或者更糟，就像写在纸上。

普勃利乌斯

文字也就是纹身。白纸黑字。不清楚亚当是怎么做的。太初就有。特别是，太初有道。①

图利乌斯

还有野蛮人。《圣经》读多了。

普勃利乌斯

（暴躁地）那他们干吗要录像呢！（手指天花板和四周）他们在浪费录像带。还有电。

---

① "太初有道。"《圣经·新约·约翰福音》的首句，俄文版《圣经》中的"道"意为"字"，从俄语直译过来即"太初有字"。

图利乌斯

（平和地）或许他们没在录像。或许他们只是在直播。要帮忙吗？

普勃利乌斯

（哆嗦一下，有些迟疑地）好吧，你抬左边。我右边，你左边。如果你不嫌弃的话。

图利乌斯

什么话！我抬右边。正方形的甚至更好。多边形的。更好搬。

普勃利乌斯

这扔掉也（喘息）更可惜。因为是多边形。

图利乌斯

是啊，能发挥想象。各种变化……背面几乎完全是新的。圆形的就不会这样。

〔把床头柜抬向垃圾道。

普勃利乌斯

圆形的也没什么。能让人想起圆柱。或者人体。圆柱的柱头就像一缕鬈发。你看得时间久了，感觉更像。我年轻的时候，我那玩意翘得就像圆柱。

图利乌斯

这么说，现在是方的了。

普勃利乌斯

是啊，之前究竟是方的还是圆的呢？也就是说，圆的和方的，哪个更自然一些呢？

图利乌斯

两种都是人工的，普勃利乌斯。

普勃利乌斯

（呆若木鸡）那么太初是什么样子的呢？难道是三角形的吗？要么是菱形的？

图利乌斯

太初，普勃利乌斯，你也知道，有道。最终也还将是道。当然，如果你来得及说出那个字的话。

普勃利乌斯

最终会是方的东西。至少有四个角。

图利乌斯

当然，如果他们不火化的话。骨灰罐也各不相同。

普勃利乌斯

这取决于司法官……你把住它左边。

图利乌斯

这儿？

普勃利乌斯

对。小心手。

[两人抬起床头柜，把它塞入垃圾道的洞口。

图利乌斯

（喘息）一、二、三……

普勃利乌斯

（喘息）一、二、三……

图利乌斯

下去了……

普勃利乌斯

真可惜……

图利乌斯

从眼里消失，从心中消失……

　　　[床头柜消失。

普勃利乌斯

（继续看垃圾道洞口）这句话我也听过了。

图利乌斯

别伤心。

普勃利乌斯

这也听过了。

图利乌斯

你就当你把它推下了船舷。就当我们是在船上。

普勃利乌斯

（高喊，堵住耳朵）住口——口——口！（缓过神来）这话我
也听过了。在去年。要么是前年。我不记得了。这并不重要。
问题不在于说的话，是听声音听累了！听累了你的声音，也听
累了自己的声音。我有时已经分不清你我的声音了。像是结婚
成了一家人，但更糟……岁月毕竟……

图利乌斯

是啊。因此就勃起了……好吧……去洗洗手……没什么碍你的
事了……

[普勃利乌斯堵住耳朵。

[静场。图利乌斯走进浴室，洗手，水流声，他返回，重
新读起书来。普勃利乌斯看了一会儿窗外，依然两手捂着耳
朵，然后转身回到自己的小囚室。他坐在床边，久久看着床头
柜之前所在位置。他用一根指头在地板上划一下，把指头伸到
眼前，发现指头上满是灰尘。他又用指头在地板上画着什么。
他看了看。然后用脚抹去指头留下的痕迹。他把指头伸到嘴巴
前，发现指头上满是灰尘。他叹息一声，站起身来。他走近洗

脸池，洗手。他洗了很久。他走近金丝雀笼子。他打开鸟笼门。金丝雀并未飞走。他合上鸟笼门，然后再次打开。什么都没有发生。他转身走向体重秤。站到秤上称体重。他称得很仔细。他脱下托加，又称了一次。他穿上托加，走下体重秤，回到自己的小囚室。他坐下来，记录测量体重的结果。

普勃利乌斯

你知道吗，图利乌斯，托加有半公斤重……

图利乌斯

唔——唔——唔。（继续阅读。）

普勃利乌斯

更准确地说，是 440 克。因为是厚绒布的。虽说，如果好好想一想，待在这里要托加干什么呢？这里是恒温的。计算机控制的。所谓标准温度，比体温低 10 度。这里也不会有客人。甚至连看守也没有……我们自己也不能相互做客……多余。只会给体重秤添乱。图利乌斯！

图利乌斯

什么事？

普勃利乌斯

我们要托加干吗呢？什么用也没有。只会绊脚。

图利乌斯

那你就更像大理石雕像了。在罗马人人都身披托加。你看看指南。"F"部："服装"。"托加和平底凉鞋"。

普勃利乌斯

那是在罗马。那里天气有变化。老是有外人，有过路的。有女人。而这里可全都是自己人啊。你我都是自己人。

图利乌斯

那你就更像大理石雕像了，我说。如果砍掉脑袋，或者胳膊，那就更像了。砍掉胳膊，以免损坏床头柜。

普勃利乌斯

我不穿托加就已经很像了。（敞开托加）不是吗？

图利乌斯

裹起来吧，你不是在妓院……你知道托加中最主要的东西是什么吗？是皱褶。也就是说，它包含整个世界。它也有自己的生命。与现实没有任何关系。也包括穿托加的人。不是托加为了人而存在，而是人为了托加而存在。

普勃利乌斯

我什么也不明白。这是唯心主义吧。

图利乌斯

不是唯心主义，而是绝对主义。思想的绝对主义，明白吗？这就是罗马的本质。把一切都演绎到逻辑终点，然后再继续。否则就是野蛮。

普勃利乌斯

（高喊）怎么演绎？！用什么方法？！演绎到哪里为止？！这跟托加有什么关系？皱褶！各种各样的皱褶！还包含整个世界！这就是一件衣服而已。"F"部。你说，不是托加为了人而存在，而是人为了托加而存在，是吗？我马上就把它给扔了，（扯下身上的托加）看看现在又怎么样呢？一块破布而已。

图利乌斯

（若有所思）它像静止的大海。

普勃利乌斯

（惊呆）瞧你说的！……读书读傻了。

[垃圾道上方亮起一盏灯。图利乌斯从床上起身，走向垃圾道。边走边侧身对普勃利乌斯说话。

图利乌斯

快披上，别吓着摄像头。（打开垃圾道小门，门口出现一座雕像）贺拉斯！昆图斯·贺拉斯·弗拉库斯，像真人一样。（试图搬起雕像）是复制品，但是很沉。像是有 50 公斤。普勃利乌斯！过来搭把手。

[普勃利乌斯披上托加，不情愿地帮图利乌斯将雕像放在架上，架上已有十余座其他雕像。

普勃利乌斯

诗人有个屌用，会累坏身子的。

图利乌斯

经典作家们全都很沉。（喘息）唉——哟——哟……因为是大理石做的。

普勃利乌斯

因为经典作家是大理石做的？唉哟！还是因为是大理石做的就

是经典作家？

图利乌斯

你这是什么意思？因为是大理石做的就是经典作家，你这话什么意思？

普勃利乌斯

大理石这么结实。不是每个人的脸都能在大理石上雕出来。我听说这石头很难对付。烧不坏，砸不烂。最多只能把鼻子弄掉。它与时间同在。但这在生活中也很常见。非常稳定的一种材料。用它来做雕像，不用担心。

图利乌斯

（突然来了兴致）是啊，是啊，你再说一遍。

普勃利乌斯

是啊，雕像。比如说，就像罗马皇帝卡拉卡拉为自己建造了一间浴室。虽说他是皇帝，当然可以为所欲为。而且，他们还自始至终在为后代工作，我是指那些皇帝们。当然是装模作样，但他们方向正确，配得上一块稳定的石头。后来才开始做铁质雕像。因为个人主义。已经没人考虑下一代了。比如这座铁塔，就应该用大理石来建。这镀铬的钢铁够用多少年呢？再用个一百年，再用个两百年。提比略是怎么想的呢？……怎么想的！贺拉斯自已就谈到过这一点，据说他写了这样两行诗：

> 为自己建一座纪念碑，
> 比青铜更长久……

在学校里学过，我现在想起来了。他虽说不太聪明，也清楚最好别与铁沾边。

图利乌斯

怎么讲？

普勃利乌斯

所以他们用大理石为他做了一尊雕像，是对的。虽说是复制品。从另一方面说，如果碰掉了鼻子，复制品也就没那么可惜了。

图利乌斯

（沉思地，脸上没有表情）是的，复制品也就没那么可惜了。

普勃利乌斯

（躺下）唉！……经典作家。还好，只有胸像，而不是全身塑像。要是全身的，一件托加就有上百公斤重。这些皱褶……

图利乌斯

（沉思地）他们没有全身像。只有胸像。

普勃利乌斯

可惜。虽说，从另一方面说，女人中间出了哪些经典作家呢？只有一个萨福，还是个双性恋。还有就是这个阴性名词"托加"。

图利乌斯

还有阴性名词"图尼卡"。

普勃利乌斯

"图尼卡"是什么东西？

图利乌斯

就是托加，稍短一些的托加。女人穿的话，下摆在膝盖以上。刚刚遮住隐私部位。

普勃利乌斯

见鬼。见鬼。见鬼。这样式真棒。

图利乌斯

不是什么样式，就因为希腊比较暖和。

普勃利乌斯

见鬼。膝盖以上。

图利乌斯

你安静一下吧，普勃利乌斯。

普勃利乌斯

是的。希腊，暖和。松柏直冲天空。木兰飘香。月桂婆娑。
还有那位女诗人萨福。膝盖以上的图尼卡衬衣。"我心爱的群
星升起，我孤身一人在床铺，孤身一人……"世界的末
日啊。

图利乌斯

是的，一位优秀的女诗人。但不是经典作家。只留下一些诗歌
片段。而且还是个希腊人。

普勃利乌斯

哪怕能有一座她的胸像也好啊……

图利乌斯

未必能有……他们对共和主义情感也有提防。你再订一座伯里克利吧，再来一座狄摩西尼……

普勃利乌斯

他们能把我们怎么样呢？……还有怎样……瞧，他们盯得更紧了。我们也没有感觉了。瞧，摄像头到处都是。这座塔可也是一座电视塔……还是旋转餐厅……不过很难发现它们。

图利乌斯

（沉思地看着窗外）我有时在想，这窗户本身就是一台摄像机。甚至敞开的时候也在摄像。

普勃利乌斯

是啊，窗子里总是多云，这像是干扰。雨水也是……阳光也是干扰。

图利乌斯

不错。罗马城的风景也是画上去的装潢。为了转移视线。

普勃利乌斯

所以金丝雀飞不出去。

图利乌斯

它不是傻瓜……另一方面，监视却是一件自然而然的事情。甚至符合逻辑。

普勃利乌斯

符合什么逻辑？我们能做什么？能犯什么罪？犯不了政治罪，甚至也犯不了刑事罪。难道让我杀你，要么你杀我？杀了人以后去跟谁交谈呢？当然，他们会送来顶替的人。可顶替总归是顶替。也就是说，一回事……犯罪的意义何在呢？有什么后果呢？在于利益，在于宣扬，在于抓人。把人抓起来审判，判了之后关起来。可我们已经在坐牢了。反过来的程序是不可能的。从后果到原因。从未有过。摄像头又有什么用处呢？啊？

图利乌斯

瞎说，普勃利乌斯，脱离前因后果的犯罪更引人关注。没有动机，也没有惩罚。一半的文学作品都是这个主题。

普勃利乌斯

但脱离前因后果的犯罪就不是犯罪。因为只有动机或者惩罚才能使其成为犯罪。

图利乌斯

这里的"其"指谁？

普勃利乌斯

就是……行为。行动。因为世上的一切都要依照它之前和之后的一切来确定。没有之前和之后，一个事件就不成其为事件。

图利乌斯

那会是什么？

普勃利乌斯

我哪里知道！等待。"之前"的状态。要么是拉长的"之后"。

图利乌斯

野蛮人！无可救药的野蛮人，让人无法忍受的野蛮人。还要为自己预订贺拉斯呢！

普勃利乌斯

你别再瞎嚷嚷了！

图利乌斯

我在瞎嚷嚷？你这个野蛮人，一个愚蠢无聊的野蛮人。因为，没有之前和之后的事件就是时间。纯粹的时间。时间的截面。时间的一部分。就是失去原因和结果的东西。铁塔就由此而来。铁塔中的我们由此而来。摄像头也由此而来，目的是让铁塔中的一切在纯粹的时间中流逝。比如说，就是在一种最纯净的时间中流逝。就像在真空里一样。意义就在于此。尤其在你杀人的时候。要么在你不杀人的时候，不杀人的时候更有意思……就让他们看吧！他们或许能明白什么。可惜的是，提比略没活到今天，他要是活到今天或许会明白的。卡利古拉、元老院等等，这些人哪能明白的了呢?！但罗马不会随着他们而终结的。因此他们在录磁带……反正都一样，（细语，像变压器上的轰鸣声）反正都一样……就连后代……也未必。因为我们经历的事情只有我们能明白。没有任何其他人能明白。因为我们，我们拥有时间。或者说，是时间拥有我们。反正都一样。重要的是没有中介。在时间和我们之间没有任何人。就像在傍晚的旷野，你仰面躺着，看天上的星星。你和星星之间没有任何人。我不记得，这样的情形最后一次出现在什么时候。好像是在童年。可是那感受好像就近在眼前。"我心爱的群星升起，我孤身一人在床铺……"你的这位萨福又明白什么呢?！只明白一个词："希腊"……她是一个个人主义者。她把无限当成了孤独。一个个人主义者，一个女色鬼。罗马人却把无限当成无限。因此，这个女人不适合你。完全不适合。她越是无限，你就越是个罗马人。提比略就是因此才建起这座塔的……而你这个愚蠢的野蛮人，却在坐失良机。不过无论如何，你还是有机会的。你是躲不掉的！其他人也是一样。因为，罗马的命运就是统治世界。就像一位诗人说的那样。

普勃利乌斯
哪位诗人说的?

图利乌斯
维吉尔。奥维德也说过。

普勃利乌斯
（目光扫过书架和壁龛）这两位诗人我觉得我们这里好像都有……

[幕落。第一幕终。

第二幕

[仍是那间囚室，午餐过后。窗外天色变暗。普勃利乌斯用牙签剔牙。他头戴耳机，像是在听音乐。图利乌斯坐在椅子上翻动报纸。平和、安逸的场景。

普勃利乌斯

（抖动一下，警觉起来，摘下耳机）我觉得金丝雀唱歌了。还是我的错觉？

图利乌斯

你幻听了。

普勃利乌斯

我确信我听到金丝雀叫了。奇怪……你没撒谎吧？

图利乌斯

去你的……

普勃利乌斯

他们好像又往囚室里放"森林芳香"了？（用鼻子闻）虽说这每逢周五才放……图利乌斯？

图利乌斯

什么事？

普勃利乌斯

今天周几？

图利乌斯

我不清楚。好像是，怎么说来着？周三。

普勃利乌斯

从图拉真时代起，纪年就被取消了，一周几日的名称，也像……无名指那样……变成无名的了，是吧？也就是说，当然，我们最好还是按顺序叫吧①。因为在公元 2000 年之后，再

---

① 在俄语和英语中，一周的每一天都各有名称，不像在汉语中是"按顺序叫的"，即周一、周二、周三等等。

计数年代已经没有意义了。甚至在公元 1000 年之后就已经算不清楚了。 1000 之前还能数得清，然后就睡着了……再说，数给谁听呢？这又不是数钱。什么都不会剩下。碰都别碰……人们都是因为无事可做才开始数数……虽说我们，比如说，也并不数数。虽说我们好像也无事可做……我们好像在测量空间。也就是说，在测量距离。有几天的路程。这样做也是出于惯性……停不下来。 1000。 2000。等等等等。甚至还会出现公里数……感谢图拉真改变了主意。现在就让计算机来干这些事吧， 1000 年， 1000 公里……像是说梦话……当然，那些名称消失了也很可惜。周三，周五……今天是第四天，怎么说来着？周四……图利乌斯！他们每逢周四给我们送"大海空气"，是吧？

图利乌斯

每逢周二送。

普勃利乌斯

周二，这个名称很漂亮……我怎么老是觉得听到金丝雀唱歌了呢？（走近鸟笼，打开鸟笼门，对金丝雀说话）喂，你到底唱了还是没唱？啊？你干吗不做声啊？听不懂人话，是吗？你全能听懂，别说谎了。如果我能听见你的声音，你也就一定能听懂我的声音。懒得理睬，是吗？一团来回跳动的肥肉，是吗？

你这只癞皮鸟。是没人喂你吗？这不，图利乌斯给你留了大半块巧克力。是高卢巧克力。可你这个小骚货，却不爱吃。你在绝食。好吧，罗马城不会因此坍塌的。就是我和图利乌斯宣布绝食，它也不会塌的。如果有鸡冠炒辣根，有涂满鱼子酱的火烈鸟蛋，你又怎么能宣布绝食呢？你在犹豫。乌——啾——啾——啾。没什么，你还会唱的。你往哪里躲？学我和图利乌斯的样子吧……图利乌斯？

图利乌斯

你要干吗？

普勃利乌斯

它也许唱不出来了，因为太高了。海拔将近 1000 米。它们飞不了这么高。

图利乌斯

你问它吧。你不是在和它说话吗？简直就是圣徒方济各。

普勃利乌斯

它不回答。关久了，没有锋芒了。就像盗窃犯或者政治犯。（面对金丝雀）乌——啾——啾——啾，你是盗窃犯还是政治犯呀？顺便说一句，铁塔里并不关押盗窃犯和政治犯。盗窃犯和政治犯如今都在大街上溜达，坐在卡比托利欧山上。因为所有人都是半盗窃犯，或者半政治犯。有人比例大些，有人比例小些。问题不在于实质，而仅在于程度。如果因为程度而把人关进铁塔，那么铁塔就装不下了，是吗？再说，你来到这里也不是因为犯事，而就是因为比例。因为提比略的改革。因此，你就以我俩为榜样吧。我们三个来聊聊天。即便你听不懂。那你更要以我们为榜样了。要是一切都明明白白，就无法关注榜样了。乌——啾——啾——啾。

图利乌斯

你让那鸟儿安静一会儿吧。你老是缠着它！

普勃利乌斯

我要看看它为什么不模仿我们说话！既然它在这里。否则就可以认定，是大自然在反对我们。它就代表大自然。要知道这一切都是人为的！！！包括我们！！！只有它是自然的……

图利乌斯

喂，你别急。不管它代表不代表自然。就算代表，也是发展的低级阶段。

普勃利乌斯

我就是这个意思。要是一只鹦鹉就更好了……我们在利比亚当兵的时候，在大莱普提斯，我认识一个妓女。这条毒蛇，她想出一个主意。她在床边摆着一个鱼缸。她说，要让鱼学会做爱……也就是，加快进化过程。否则它们只会到处产卵。所以我就想了起来，为什么不让金丝雀以我们为榜样呢？否则它就老是沉默，一声不吭。

图利乌斯

也许应该给它找个伴了。你给司法官打电话吧。

普勃利乌斯

这一点它从我们这里可学不到。只能我们学它了。

图利乌斯

看来，你又要挠痒痒了……没什么，再过 5 分钟就放风了。（伸懒腰）你又能射精了。以免射在奶酪上。

普勃利乌斯

你真粗野，图利乌斯。粗野，但很有观察力。（冲报纸点点头）报上写了什么？

图利乌斯

啊哈，喋喋不休。波斯的战争。大洋洲的龙卷风……还谈到在天狼星和老人星上着陆。

普勃利乌斯

他们在那里看到什么了？

图利乌斯

没有任何生命迹象。

普勃利乌斯

这不用他们说我也知道。肉眼就能看见。

图利乌斯

怎么讲？

普勃利乌斯

那里要是有生命，我们他妈的肯定早就看见了。尤其是在夜里。夜间躺下睡觉，关了灯……生命……关于生命他们知道什么呢……这些科学家……

图利乌斯

你是怎么理解的呢，普勃利乌斯？在你看来，生命是什么呢？

普勃利乌斯

就是关了灯，抱住女人。这就是生命……快点放风吧……

图利乌斯

话虽然说得糙，还是有点真理……就像一位诗人说的那样，人民的声音就是神的声音①……或者是酒后吐真言……黑暗的确就是生命的形式。就是说，是一种光的状态，不过是光的消极状态。白天是光的积极状态，夜间就是光的消极状态。但都是光的状态。而我们这里的光是一种能量形式，是生命的源泉。至少对于西红柿来说，或者对于青葱来说，是这样的。黑暗也是一种源泉。也是一种能源。生命的形式。是一种物质，就像他们所说的那样……说是物质，也就罢了……可还要把这物质当成一块布，要钉上扣子。也就是说，要它们闪闪发光。因为在他们看来，生命是一种密实的东西，能触摸到的东西。是用肉做成的。组织纤维。分子细胞。触手可及。可以描述出来。或者说，可以拍摄下来。始终是外在的。而生命，就是物质存在于其中的东西……不是物质本身，而是，怎么说的来着？周

① 此为赫西俄德的诗句。

三。还有周四，周二，周五。有光的时候如此，没有光的时候也如此。在没有光的时候尤其如此。这不是他们的那些星星，而是星星之间的东西。

普勃利乌斯

你也别不高兴。这不过是张报纸。总的来说，只有傻瓜才关注星星……

图利乌斯

（继续自己的思路）不是生命为了物质，而是物质为了生命……（感到宽慰）有意思的是，他们怎么能确定那里不存在生命呢？用什么方式来确定呢？用探雷器吗？用辐射测量仪吗？用盖革计数器吗？

普勃利乌斯

也许，他们把基督教思想装进了探雷器。把多神论也装了进去。把佛教和伊斯兰教也装了进去……这还不够用吗……你都顾不过来……新床头柜到现在还没送来。给司法官打个电话吧？

图利乌斯

熄灯后恐怕就会送过来的。这样对你更好。夜里看着……

普勃利乌斯

你真粗鲁，图利乌斯……

［小约翰·施特劳斯《维也纳森林故事》圆舞曲的前几个节拍，顶灯渐渐暗淡，地板动了起来，囚室的三面墙上出现带有林荫道、池塘和雕像的公园画面，像是来自背后或侧面的投影，也像是从窗户投射进来的。画面可以是静止的，但若是影片则更好，镜头的转换若能与普勃利乌斯和图利乌斯的身体运动相配合则更好。

普勃利乌斯

嗯，总算来了……我们今天有的是埃斯特别墅①还是博尔盖塞别墅②？

图利乌斯

不，不。这好像是在高卢。好像是杜伊勒里宫③。好像不是。这是在北西徐亚……不，好像在这里，在东欧。也就是说，是在西亚。他们这座城市叫什么名字来着？

---

① 位于意大利拉齐奥大区的蒂沃利，为世界文化遗产。
② 位于罗马，是罗马第二大公园。
③ 位于巴黎。

普勃利乌斯

鬼才知道。反正是一座不错的花园……瞧，威耳廷努斯和波摩娜。

普勃利乌斯

哦，这是著名雕塑《强掳萨宾妇女》①。

普勃利乌斯

不错。这是《农神吞食其子》②。是啊，都是故事……没有围栏。瞧，甚至还有天鹅……奇怪，这些天鹅是哪里来的呢……

图利乌斯

只有一只天鹅。

普勃利乌斯

这是什么？（走近墙壁，用手指点。）

---

① 意大利文艺复兴后期雕塑家詹波隆那（1529—1608）的作品。
② 佛兰德斯画家鲁本斯（1577—1640）和西班牙画家戈雅（1746—1828）均作有以此为题的名画。

图利乌斯

是倒影。天鹅都有倒影。就像人都有传记。就像一位诗人说的
那样：

天鹅像从前游过世纪，

欣赏其双重人的美丽。①

普勃利乌斯

是哪位诗人说的？

图利乌斯

不记得了。好像是个西徐亚人。那是一个很有观察力的民族。
尤其是在对动物的观察上。

[静场。两人来回踱步。

普勃利乌斯

与诗人们在一起很有意思，与他们相处之后就不再想说话了。
也就是说，说不出话来了。

---

① 这是阿赫马托娃《夏园》一诗中的诗句。

图利乌斯

也就是说，就说不出蠢话来了？

普勃利乌斯

不是。就是指说话本身。

图利乌斯

自己感到羞愧了。你是这个意思吗？

普勃利乌斯

差不多。声音，身体，等等。就像在听了这两句描写双重人的诗之后……喂，再来一遍：

天鹅像从前游过世纪，
欣赏其双重人的美丽。

在这之后就无处可去了……

[静场。两人来回踱步。

普勃利乌斯

生活没什么目的。或许没必要生活。人们由于无知才搞出孩子来。还不知怎么回事，就已经有了孩子。或者是出于误会……

图利乌斯

也有可能是希望孩子们之后也能写诗。许多人都试过。但很快就转向散文了。在元老院里夸夸其谈。如此等等。

普勃利乌斯

我也写过诗。我们在利比亚当兵的时候……

图利乌斯

又是某个妓女……

普勃利乌斯

不，我当时还很年轻……我也写过一首。完全忘了，只记得两行，也是写鸟的：

可是我有时满腔怒火，
连孔雀尾巴也救不了我！

图利乌斯

哦！不错。的确不错，普勃利乌斯。不失优雅……后来你就没再写了？

普勃利乌斯

没写下去。

图利乌斯

可惜……原因不在于你现在本可以不在这里，而是身在，比如说，在你位于贾尼科洛山的别墅。虽说你的胸像最终还是会来这里。可惜的原因在于，诗人所说的话是不可重复的，而你所说的话是可以重复的。也就是说，如果你不是一个诗人，你的生活就是俗套。因为一切都是俗套：出生、爱情、衰老、死亡、元老院、波斯的战争、天狼星和老人星，甚至恺撒。而关于天鹅及其双重人的话却没人说过。罗马的出众之处，就在于它产生了许多诗人。恺撒当然也有过不少。但历史不是恺撒们的作为，而是诗人所说的话语。

普勃利乌斯

是吗？那提比略和图拉真呢？哈德良呢？非洲的新领土呢？

图利乌斯

去杀人，普勃利乌斯，连一个士兵都会。为祖国去死也是一样。拓展领土，受苦受难，也是这样……但这些全都是俗套。这些全都有过，普勃利乌斯。更糟糕的是，这些东西还将一次又一次出现。也就是说，以新的形式重复。就这个意义而言，历史的版本其实很少。因为人是有限的。从他身上挤不出多少东西来，就像一头奶牛身上的奶，总是有数的。比如人体的血，总共只有 5 升。人是可以预知的，普勃利乌斯。就像一则关于白牛犊的童话。就像神父身边的一条狗。乐曲中的反复记号。而诗人总是从他前辈结束的地方开始。就像爬楼梯，但不是从第一级爬起，而是从最后一级爬起。下一级台阶你就要自己给自己搭建了……比如说，在他们这个西徐亚国，如今有谁要想写点什么，就必须从这只天鹅开始。也就是说，要从这只天鹅身上拔出一杆属于自己的鹅毛笔来……

普勃利乌斯

（看风景）不知道这究竟是电影还是实况转播？

图利乌斯

（发火）这又有什么区别呢！大自然就是大自然。这些树是绿的。刚才谈到俗套……树干和树干还勉强可以区分，可树叶和树叶就很难区分了！我想，多数还是少数的念头就此消失……大自然本身就是实况转播……元老院大厅的实况转播……连续的欢呼……

普勃利乌斯

你冷静一下，图利乌斯。你有些激动。你最近老是有些……有些神经质。我们把转播关掉好吗？我们有这个权利。

图利乌斯

关掉吧，的确可怕，恶心的东西……同义反复。更糟的是，还是自然界的同义反复。都说，大自然是母亲……

普勃利乌斯

我现在就关——关——关……（按下按钮，地板静止不动，林荫道消失，灯光亮起）下一次我们最好早些关掉。（友善地）下一次……

图利乌斯

野蛮人！下一次！……你怎么知道下一次会是什么样子！你已经习惯逆来顺受了。你已经没救了。

普勃利乌斯

你是什么意思？啊？也许，你是想杀了我？你是在找理由？好啊，你杀吧！反正他们都会录在磁带上的。或者他们就是直播。你杀吧！好歹都比待在这臭烘烘的管子里强……

图利乌斯

没人想要杀你……之后还得清洗地板……再说，恰恰相反……
我就是有点神经紧张。你也是。或许，他们在肉泥里下了什
么药。

普勃利乌斯

瞎说……虽说这肉泥的确不怎么样。

图利乌斯

再说，这种肉泥我们还没吃过。用鸵鸟肝脏做的肉泥，还加了
葡萄干。

普勃利乌斯

最近他们很少给我们鱼吃。

图利乌斯

也许鱼全都被送到大莱普提斯去了，在你的妓女那里学习
进化。

普勃利乌斯

要么是海上封锁。你自己也说，波斯正在打仗。

图利乌斯

而且是夏天，鱼容易变质。

普勃利乌斯

是啊。现在要是有鱼吃就好了。新鲜的……（盯着窗户）我的眼睛最好是看不到这些星星。最好是在矿井里服刑，就像在共和国。到处是煤炭。挖煤的时候至少还有一种幻想，觉得是在挖一条通向光明的通道……当然，从空气中获取能量的确是一个好主意。提比略引入的这些机械肺，还有机械肝脏。他们所谓的血液是咖啡色的，这甚至也不错。不仅在经济上，而且在审美上都独立于中亚人和他们的石油。很像罗马城及其陶土的颜色……只是矿井，我想，还是更好一些。也就是说，没有这些与透明相关联的各种希望。蓝天，远方……山冈……翁布里亚。阿尔卑斯。尤其是在天气晴朗的时候。春天更好。一片青翠，等等等等。这些东西对于褐色眼睛的人特别起作用……看啊，看啊，死死地盯着……这时幻想便得到发展。不像在矿井里……看来，提比略考虑到了这一点。为了不让你翻墙，就让想象运动起来。显然，代价就是发疯……而且还有这些星星。织女座和仙后座。猎户座，大熊星座，小熊星座。无法集中注意力。还有那颗天狼星……一看到它，你就会想写一写天鹅和它的双重人……奇怪的是，图利乌斯，你为什么不试着写写诗呢。在这种情况下。

图利乌斯

我写过。昨天就写过。

普勃利乌斯

写的什么？

图利乌斯

窗口风景美妙，

980 公分每秒。

普勃利乌斯

980 什么？ 980 公分每秒？ ……这是什么东西？

图利乌斯

重力加速度。

普勃利乌斯

死亡主题。再乘以 500 米，如果不是更高的话。死亡主题……
这么说，你也在考虑这个问题？

图利乌斯

什么问题?

普勃利乌斯

嗯……就是这个问题……（用眼色示意天花板）你自己清楚。

图利乌斯

（看天花板）我们上方只有一个……怎么说的来着?……餐厅。还有电视天线。

普勃利乌斯

我指的不是那个!……（欲言又止。随后是一个绝望的哑剧场景。普勃利乌斯眼睛看着高处，指头却指着下方。之后，确信图利乌斯没明白他这一手势的意思，便变换策略，指头指向天花板，眼睛斜视地板。随后是两种姿势的组合，其结果是，他把自己也完全搞糊涂了，意识到这一点，他喊了起来，但却是轻声高喊）我指的是逃走! 或者……或者……（睁大眼睛）是自杀!

图利乌斯

非常高贵的罗马传统啊! 塞内加和卢克丽霞。马尔库斯·安东尼……我为什么就应该想到自杀呢?

普勃利乌斯

这还用说！这，这也是一种出路啊！

图利乌斯

普勃利乌斯，自杀可不是一种出路，而只是写在墙上的两个字"出口"。就像一位诗人说的那样。仅此而已。

普勃利乌斯

哪位诗人说的？

图利乌斯

我不记得了。一位东方诗人。

普勃利乌斯

东方哪个国家？

图利乌斯

还是西亚。他们是个很有观察力的民族……

普勃利乌斯

这么说……这指……指的是……（冲向洗脸盆，打开龙头，小声但清晰地）逃跑？

图利乌斯

你是个十足的野蛮人，亲爱的普勃利乌斯。自杀，逃跑。真是
小儿科。逃到哪里去？从铁塔逃到罗马去？但这不是一回事
吗？就像从历史逃向人类学。更确切地说，是从时间逃向历
史。委婉地说，就是递减现象。会郁闷而死的。

普勃利乌斯

这里又有什么好的呢？那边至少还能看到有什么事情发生。斗
鸡。妓女。角斗士。最后还有元老院。立法。我也可能再次加
入罗马军团。见它的鬼。去利比亚，去波斯！如果做不了一个
诗人，也要参与历史！至少要参与地理。尤其是在海上航行的
时候。

图利乌斯

从这里也能看见大海。尤其是天气晴朗的时候。

普勃利乌斯

就像斗鸡一样。是录在磁带上的。是给后代看的。

图利乌斯

或者是转播。你想看吗，我们打开电视?

普勃利乌斯

算了，那里什么都有……

[垃圾道上方的灯亮起。

图利乌斯

普勃利乌斯!

普勃利乌斯

什么事?

图利乌斯

他们把你老婆送来了。

普勃利乌斯

什么?

图利乌斯

你的新床头柜。我看他们是弄到了。

普勃利乌斯

（看着指示灯，从床上起身）你真粗鲁，瞧……

图利乌斯

要帮忙吗？

普勃利乌斯

不用，我自己来。

[打开垃圾道上的小门，滚出一只镀铬铁制成的床头柜。

图利乌斯

是个美女，是吗？

普勃利乌斯

是的，不错。

图利乌斯

铁塔也是用这种材料制成的。都差不多。

普勃利乌斯

是啊，没什么……不过它能照见人影。（将床头柜放在床边，退后两步）就像哈哈镜。但毕竟是镜子。

图利乌斯

有天鹅就有倒影……也许，这能让你的热度降低一点。青春的热度。也许相反，能让热度提高。

普勃利乌斯

你得了吧……你大概是吃醋了吧。当然，你这把年纪。我的年纪也不小了……当年，要是把阴茎插进水桶，桶里的水都能沸腾。可是如今……（摆手。）

图利乌斯

我能把这水桶给你从一楼提到五楼。还是装满公鸡的。

普勃利乌斯

别吹了。

图利乌斯

我们打个赌？

普勃利乌斯

赌什么?

图利乌斯

赌你的安眠药。下周的安眠药。

普勃利乌斯

你先找到水桶再说。他们不会再放什么东西下来了……

图利乌斯

可以给司法官打个电话。他能找到的。

普勃利乌斯

还要有楼梯……

[静场。普勃利乌斯研究床头柜的内部构造。

图利乌斯

奇怪。像是不再时兴的东西。比如说那种水桶。

普勃利乌斯

或许,在乡下还有人在用。比如说在利比亚,我记得……

图利乌斯

那就去利比亚找……要不是你，我还真想不到利比亚。也想不到乡下。也想不到整个世界……比如，一个水平位置的地方。浅绿、褐色和蓝色。城市和乡村。形状是方形，三角形。十字架，圆圈。蓝色的线条。被开垦的田野。

普勃利乌斯

如果你愿意，我们就给司法官打电话，订一张帝国地图。

图利乌斯

或者订一张壁纸。一回事……帝国的意义，普勃利乌斯，就在于让空间失去意义……当疆土占得足够多，便连成一个整体。至于波斯，至于萨尔马提亚、利比亚、西徐亚、高卢，都有什么区别呢？提比略是第一个具有这种感觉的人……这些宇宙计划也都是一回事。因为它们将如何结束呢？远征天狼星，殖民老人星。然后呢？还得返回。因为不是人在征服空间，而是空间在剥削人。因为空间是不可避免的。拐过一个街角，你以为是另一条街。其实还是同一条街，因为这条街也同样处于空间之中。同样的立面和装饰，各种雕塑，挂着门牌号，随便起个街道名称。目的是让人别想到这种可怕的、水平的同义反复。因为一切住所，地板、天花板、四壁，都是这样。东南西北。

一切都是平方米。也可以说是立方米。住所就是死胡同，普勃利乌斯。或大或小，绘有公鸡或彩虹，但都是死胡同。一间厕所和整个波斯的区别，普勃利乌斯，仅在于尺寸的大小。更糟糕的是，人本身也是死胡同。因为人本身也就是直径半米的死胡同。在最好的情况下。无论用立方体还是解剖学还是其他方法来测量体积……

普勃利乌斯
也就是说，是空间中的空间？

图利乌斯
是的。物中的物。囚室中的鸟笼。无聊荒漠中的恐惧绿洲。就像一位诗人说的那样。

普勃利乌斯
哪位诗人说的？

图利乌斯
一位高卢诗人……全都差不多。也就是说，从解剖学上看都差不多。双胞胎，或者就是双重人。天鹅及其倒影。大自然之所以被称作母亲，普勃利乌斯，就因为它不放纵多样。你想走出家门，可一看镜子，事情就完了。要么看看这个床头柜……不行，是哈哈镜……那他们只好抓起这些破布了，这些五颜六色、各式各样的托加……

普勃利乌斯

还有短衫……

图利乌斯

还有长衫。

普勃利乌斯

（来了兴致）长衫是什么东西？

图利乌斯

就是薄上衣。不过穿在短衫外面。也是希腊式服装……这不要紧……只要别撞见和自己一样的人……只要别发现一模一样的住所……全部的恐惧就在于，人们的相同多于不同。差异只以公分级呈现。脑袋、胳膊、双腿、私处，女人们还多个乳房。但是从空间的角度看，普勃利乌斯，从空间的角度看，即便在你爬到女人身上去的时候，也出现了某种单性现象。即便你不抱女人，情况也是这样。会出现某种地形性倒错。也可以说是地形性欲狂。同义反复。提比略明白这一点，因为他是恺撒。因为他习惯观察臣民。因为他是恺撒，他在干吗？他一直在寻找公分母。

普勃利乌斯

在我看来，有这种主意的第一个人是中国皇帝。中国的臣民有
更多的一致性。无论分母还是分子……因为，你瞧，他们甚至
从未有过共和国。一个人就代表所有人。

图利乌斯

他们可是有十多亿人啊，普勃利乌斯。要是每 100 万人选一位
元老，这元老院就得多少人啊？要么看选举结果。比如说，
70％同意， 30％反对。就是说， 3 亿人的少数派。

普勃利乌斯

是啊，一些人成为恺撒，选票比这还要少。

图利乌斯

问题不在这里！问题不在这里，普勃利乌斯！不在于数字。当
然， 10 亿人，这已经是一个空间。尤其在他们肩并肩站在一
起的时候。而且他们还在做爱。在交媾……这个空间不仅在自
我复制，而且还不断扩大……所以他们才在东方相互残杀，不
问青红皂白。因为为数众多，既然为数众多，就要相互取代。
这就像那位西徐亚诗人所说的那样？瞧，基督教的最后一个世

纪，更确切地说，是后基督教的最后一个世纪，他断定，我们没有不可替代的人……问题不在于数字。问题在于能把你吞噬的空间。样子像灶神，或者像你……无处可逃，难以摆脱它，除非逃进时间。这就是提比略的意思。只有他一人理解了这一点！无论是中国皇帝，还是所有东方暴君，都没能参透这一点，普勃利乌斯。而提比略理解了这一点。铁塔就由此而来。因为铁塔不是别的什么东西，而是一种与空间抗争的形式。不仅与地平线抗争，而且也在与思想本身抗争。铁塔将居住空间压缩到最小程度。也就是说，把物理意义上的你推入时间。推入纯粹的时间，脱离数公里高的污染的纯净时间；推入时间……因为空间的缺乏就是时间的在场。对于你来说，就是监狱，是牢房，是囚室，因为你是个野蛮人。野蛮人总是需要生存空间……要舒展筋骨……要扬起灰尘……而对于一位罗马人来说，空间则是一种理解时间的工具。渗透到时间中去……瞧，一种完美的工具，生活中的一切都离不开它……

普勃利乌斯

的确如此。之后就无处可去了。意思就是，没有比这间牢房更好的去处了。

图利乌斯

要是单人牢房，可能更好。那里空间更小。尤其是从解剖学的角度看……之后，当然就是一口棺材了。在空间终结的地方，你自身也就成了时间。虽说火化甚至更好……但这取决于司法官。

普勃利乌斯

那骨灰罐搁哪儿呢？放到亲戚家去？

图利乌斯

最好放进垃圾道。让它掉进台伯河。就不会再占地方了。也就是说，不再占据空间……当然，这取决于司法官。

普勃利乌斯

不，我最好还是放到亲戚家去……屋大维至少能知道他爸爸躺在哪里。否则，就像从来没有过我似的。只有一笔抚恤金……据说，没有圣徒的灵魂……

图利乌斯

是的，提比略也不喜欢穿长袍的人……

[静场。

普勃利乌斯

如果你同意，我们就来缩减空间。我们可以睡在一起。

图利乌斯

好像已经缩小了。缩成了 10 公分。

普勃利乌斯

15 公分！要掏出来看吗?

图利乌斯

得了吧。我清楚。最多 10 公分。

普勃利乌斯

15 公分！我们打赌?

图利乌斯

就赌你的安眠药。

普勃利乌斯

（难为情）要么就是直径！被截短了。也是 10 公分，瞧，根本躺不下。

图利乌斯

不是缩小，而是扩大了……

普勃利乌斯

甚至只有 10 公分？

图利乌斯

甚至只有 10 公分。

普勃利乌斯

去你的……我倒是也想……（生气地）我反正能找到地方过把瘾的。你想想……我们在利比亚当兵的时候，我认识一个阿拉伯人。他因为两个银币丢了命。也是个好挑剔的人，在节约空间。主顾一死，他擤擤鼻涕……得了上呼吸道黏膜炎，他也死了。

图利乌斯

最好给家里打个电话。

普勃利乌斯

你自己打吧？往家里打！……你是回不去了。带着这样的成就可以往古希腊打。要么往《圣经》中的犹地亚打……"往家里打"！你还会叫"妈妈"吧。我想现在就给他们寄一个骨灰罐过去。他们现在恐怕已经不再检查了。对于他们来说，"终身"的意义比对我们来说还要长。因为他们还在过日子。而这里……要么，我们来下盘棋吧……

图利乌斯

我们刚拿棋子换了贺拉斯，普勃利乌斯……

普勃利乌斯

是啊，我忘了个一干二净。

图利乌斯

你最好少折腾床头柜。

普勃利乌斯

我们来比两剑？

图利乌斯

没看天都快黑了吗？就像那位姑娘对罗马军团士兵所说的那样。

普勃利乌斯

说的是……难道会一直这样！要知道，一直到末日。他还是会来的。在他们吃饭的时候……他来的时候，据说，你是看不到的……一直这样。过了 10 年。要么是 20 年。那时已经没有力气击剑了……更不用说下象棋了。整个囚室就会……摆满雕像……"一直"，就是说，你会忘记今天有多少雕像……有没有贺拉斯……我反正第二天就会忘记。或者是第三天……第二天，或许就是"一直"开始的时候。或许，"一直"已经到来。（高喊）我不记得昨天有过多少雕像了！ 16 座？ 14 座？有没有贺拉斯呢？……我会因此发疯的!

图利乌斯

他们后来把我们关在一起，就是为了避免发生这样的事。

普勃利乌斯

?

图利乌斯

就是结婚。之后，他们就开始录像。一分为二的思想总是更容易理解一些……更不用说，也没那么吓人了。

普勃利乌斯

你是想说，我们在这里……这是……是作为后代的反面教材……就像两只豚鼠？……

图利乌斯

不是……再说，豚鼠也不会说话。它们的声音需要翻译……那叫做行为艺术……再说也没有哪些后代有足够的时间来研究我们。我们可是终身监禁……他们的脑袋里可装不下这么多思想。要成为思想，他们需要不止一个脑袋……嗯，怎么办？是的，两个更好……民间智慧。为了能把一个思想一直想到底……比如说，概率论。或者你说的这个"一直"。

普勃利乌斯

但这就是说……就是说，我们会成为同一个脑袋。也就是说，从思想的角度来看。无论思想出现在哪里，它都得有个脑袋。右半脑和左半脑。

图利乌斯

我最好做左半脑。

普勃利乌斯

那为什么不躺在同一张床上呢？！！如果是用同一个大脑，身体也应该合二为一！

图利乌斯

问题在于，一个身体可能会发疯，而两个身体就不会。至少，不会因为同一个思想而发疯。

普勃利乌斯

这么说，你是在表示拒绝……你自己不是也念叨"单人牢房，单人牢房"吗？……两个人有同一个思想，再盖上同一床被子，这不就是单人牢房了吗？……

图利乌斯

你的"一直"怕是不够盖吧。至少肯定不够两个人盖。

普勃利乌斯

？

图利乌斯

因为你是个个人主义者。就像所有野蛮人一样。你的"一直"只与你有关。你不是在思考时间，普勃利乌斯，你是在可怜你自己。可以怀着对自己的怜悯活着。这样甚至很舒服。无论能否得逞，你反正都会可怜自己。即便你搞了一个女人，即便你搞了一个男孩……

普勃利乌斯

你是怎么知道的！？

图利乌斯

你当年在利比亚干吗要四处逛妓院呢？有女人。也有男孩，就像你的屋大维。但不住在铁塔里，是吗？

普勃利乌斯

你想说我是个不道德的人……

图利乌斯

（继续）你永远只可怜你自己，就是这样。现在你就在可怜你自己。你的"一直"只不过表达了你怜悯自己的一种程度。"哎呀，明天会如何，后天会如何。哎呀，昨天已如何。哎呀，我是个可怜的倒霉蛋。"

普勃利乌斯

你自己呢！你自己呢！你自己也一样。（一吐为快）你记得昨天这里有多少座雕像吗？

图利乌斯

我不记得。有什么区别呢？ 15 座。 16 座。总之，我最好成为左半脑……

普勃利乌斯

可我想起来了！我想起来了！是 14 座！

图利乌斯

（目光扫过书架和壁龛）现在是 14 座，包括贺拉斯在内。

普勃利乌斯

（激动地）就是！就是！因为我们昨天订了塞内加，可是我们不喜欢他。我们把他退了回去，因为他的大胡子。今天我们订了贺拉斯，所以又是 14 座。本来 14 座，后来成了 13 座。然后又成了 14 座。（抱住脑袋）我这是怎么了？我怎么觉得是 15 座呢？

图利乌斯

别紧张，普勃利乌斯。加法和减法。没什么区别。要同时运算。你已经习惯了先后运算。一堆乱麻。有多少座雕像……就像游泳池里的水。两个水龙头注水，一个水龙头抽水。

普勃利乌斯

（垂头丧气地）这我从来算不明白。

图利乌斯

我也一样……说到游泳池，是想游泳吗？眼看天就要黑了……

普勃利乌斯

可是这会让人发疯的！因为它们，就是这些雕像，越来越多了！它们还会更多的！……

图利乌斯

（神秘的声调）也许会更多。也许绝对不会……

普勃利乌斯

（不解地，小心地）你的意思是？

图利乌斯

（突然想到）经典作家嘛……他们不会太多。至少是罗马的经典作家不会太多。一两位，也就到头了。

普勃利乌斯

（高喊）这里有 15 位！

图利乌斯

（继续）重要的是，别和皇帝们弄混了。恩尼乌斯，卢克莱修，泰伦斯，卡图卢斯，提布卢斯，普洛佩提乌斯，奥维德，维吉尔，贺拉斯，马提亚尔，尤维纳利斯。重要的是，别和皇帝们弄混了。别和演说家们弄混了，也别和皇帝们弄混了。别和剧作家弄混了。单指诗人。

普勃利乌斯

因为大理石不够用。

图利乌斯

别和希腊人弄混了，更不能和基督徒作家弄混了。在你这里，这一点尤其重要。

普勃利乌斯

为什么？

图利乌斯

因为野蛮人向来更容易成为一位基督徒，而更难成为一位罗马人。

普勃利乌斯

？

图利乌斯

出于对自己的怜悯，普勃利乌斯，出于对自己的怜悯。你想从这里逃出去。或者想自杀。也就是说，你想要永恒的生命。永恒的——生命。你不愿意让这个形容词与任何一个其他词汇搭配。越是永恒，就越多生命，是吗？

普勃利乌斯

这有什么？这有什么不好的地方呢？

图利乌斯

是的，难道……你说什么话啊？这里没有任何不好的地方。恰恰相反。再说，这一切都能实现，普勃利乌斯，无论逃跑，还是自杀，还是获得永恒的生命。普勃利乌斯，所有这一切都是可能的。但是，对于一位罗马人来说，对于可能性的追求就是最大的有失体统。因此，亲爱的普勃利乌斯……

普勃利乌斯

什么？！你说什么？你是说，有可能逃跑？真的？你说，都能实现……我没听错吧？……

图利乌斯

都能实现，亲爱的普勃利乌斯，能实现。一切都能实现。不过
眼下……

普勃利乌斯

（一跃而起，高喊）用什么方式！？！怎么逃？从哪儿逃？（疯
狂地四下环顾，像在寻找出口，像是怀疑自己看漏了什么地
方；之后冲向垃圾道，冲向电梯门，冲向窗口，摸摸窗玻璃，
冲向鸟笼，像是突然想到了谜底，但立即又感到失望，如此等
等。哑剧持续两分钟，不会再多，在此期间图利乌斯背着两
手，像一个中学老师，在细看那些雕像）怎么逃？从哪儿逃？
（不再激动）你在骗人，你这个坏蛋。什么玩意儿也实现不
了。在这个环境下。要不是终身监禁，我就会撕烂你的嘴
巴……你这条母狗。图利乌斯，你这条罗马老母狗。老母狼。
不知羞耻，没有良心。嘲弄一个普通人。说什么"都能实现，
都有可能"……

图利乌斯

（并未改变姿势）我们赌什么？

普勃利乌斯

你的安眠药。

图利乌斯

最好赌你的安眠药。我的安眠药全都吃完了。

普勃利乌斯

好吧……（他开始产生做交易的念头，但未及细想）你是想……什么玩意儿，其实……如果我输了，也就是说，如果你赢了，那么……

图利乌斯

现在，亲爱的普勃利乌斯，你跟着我说：恩尼乌斯，卢克莱修，泰伦斯……开始!

普勃利乌斯

（重复道，并蜷起指头计数）恩尼乌斯，卢克莱修，泰伦斯……

图利乌斯

卡图卢斯，提布卢斯，普洛佩提乌斯。

普勃利乌斯

卡图卢斯，提布卢斯，普洛佩提乌斯。

图利乌斯

奥维德，维吉尔，贺拉斯。

普勃利乌斯

奥维德，维吉尔，贺拉斯。

图利乌斯

卢坎，马提亚尔，塞内加。

普勃利乌斯

卢坎，马提亚尔，塞内加……15 位！

图利乌斯

尤维纳利斯……嗯，我们再补充几位历史学家。普林尼，塔西佗，萨卢斯提乌斯……

普勃利乌斯

普林尼，塔西佗，萨卢斯提乌斯……我困了……

图利乌斯

吃点安眠药吧。你反正有药。

[静场，其间窗帘降下四分之一。

普勃利乌斯

好的。好的，你说得没错。（手按床头按钮，屏幕上出现："普勃利乌斯·马克卢斯， 1750－A。"然后普勃利乌斯再按一下按钮，屏幕上出现："预订安眠药。"随后，按钮旁的小孔中出现一个圆柱形物体，像是用气动管道送来的。普勃利乌斯把它拿在手里，圆柱里响起药片滚动的声音，图利乌斯像被催眠一般，看着这整个过程。普勃利乌斯心满意足地说）不管怎么说，图利乌斯，我的指纹可不是你的指纹。（把几个药片放在掌心，走向放在桌上的水壶，把药片扔进嘴里，直接从壶嘴喝水。）

图利乌斯

（吞咽口水）罗马计算机以它们的好客著称。（抽起烟来。）

普勃利乌斯

（走进厕所，传来很响的水流声，然后是马桶的抽水声取代龙头的放水声。普勃利乌斯刷牙，漱口，嘴里不停地嘀咕）卡图卢斯，提布卢斯，普洛佩提乌斯，维吉尔，奥维德，贺拉斯，卡图卢斯，提布卢斯（走出厕所，穿过舞台走向自己的床铺），普洛佩提乌斯，奥维德，维吉尔，贺拉斯。（坐在自己的小囚室里，想脱下凉鞋，却突然歪向一侧，就这样睡着了。）

[静场。静场之后，图利乌斯起身，走向普勃利乌斯的小囚室，走到床边，一直在抚摸那个有药片的瓶子。他拿起瓶子，阅读标签上的文字。他吞咽口水。把瓶子放回原处，望着窗外，窗外是月亮和星星。静场。之后，图利乌斯拉上普勃利乌斯小囚室的隔帘，走向壁龛，从那里搬出一座雕像——比如说，维吉尔的雕像。他气喘吁吁地把雕像搬到垃圾道口，放在一个小台子上，这台子是囚室里的饭桌，高度可调节，大小像医院里的床头柜。接下来的5—10分钟里，图利乌斯一直忙于搬运雕像，从壁龛和书架搬出，放到台子上。他大汗淋漓，气喘吁吁，赤裸上身，不时停下来喘口气，听着普勃利乌斯声音很大的鼾声……

图利乌斯

（伸直腰身，擦拭额头的汗水，听着普勃利乌斯的鼾声）睡得真死！在梦神的怀抱里。梦神叫什么名字来着？摩尔南斯。"爱人，你在哪里？你躺在摩尔南斯的怀抱……"[①] 卡图卢斯

---

① 这其实是曼德尔施塔姆的诗句。

的诗句，看来，我们要把他第一个扔下去。首先，这是个复制品，因此不可惜……其次，已经很流行……被翻译成了所有语言……重量也和皇帝的差不多……贺拉斯更重一些……50多公斤……每秒9.81米的重力加速度……如果下坠700米……那张网肯定完蛋。当然，那些鳄鱼也同样会完蛋。也就是说，在最好的情况下，那些鳄鱼只好去吞食大理石……这东西可不太一样啊……这可不是肉馅……有可能崩掉牙齿……我们还要把维吉尔塞到它们的牙缝里去。再说，维吉尔的雕像做得也不太像……不过也没人见到过他本人。或许，甚至不是他……一位无名作家……"羔羊会在牧场上吃草，/浅蓝色的羊毛不用上色……"多美啊！……抵得上一整部没完没了的《埃涅阿斯纪》。（把维吉尔的雕像搬到垃圾道的洞口）很沉啊……不过是位诗人……一句话，史诗诗人……不，我可不想成为一条鳄鱼……落地时的力道毕竟是35000公斤米……时速毕竟将近500公里。而且是脸着地……要不，再把卢克莱修也扔下去……再说，他这个老朽，反正无所谓……"每个能认识现象之原因的人都是幸福的……"呸！……虽说原因在于，现象的原因会撞上每一个幸福的人……也会撞上不幸的人……那儿是怎么写的来着……（朗诵）

还有很多事情，其原因我们能列出许多，
而不是一个，但只有一个原因真实。

116

比如，你看到远处有一具人的尸体，

死亡的原因你能列出许多种可能，

但只有一个原因是真正的罪魁。

因为无法确定他死于刀剑还是严寒，

是死于某种疾病，还是被毒死；

但我们知道，他总归遇上了此类事情……

对于许多事情我们都不得不这样说明。

是的……我可不愿成为一条鳄鱼……让提布卢斯（搬动另一座雕像）也掺和进来吧……何况他年纪轻轻的就死了……他的诗都是写少女的……捷里娅等等……要么是普洛佩提乌斯……他写的主要也是辛西娅……兄弟们，如今谁还记得你们呢……最好把塞内加也用上……何况他也是自杀的……当时他就被流放在这座岛上，这座岛名叫科西嘉，对吗？他有一句描写流放的诗非常出色：

在这里，流放者和他的流放一起生活……

与当地的条件十分吻合……唉，亲爱的普勃利乌斯，你要是能懂得这些罗马诗人就好了……你就不会那么神经质了。安眠药也就能简简单单地交回去……像个禁欲主义者。就不用累死累活，像头驴子似的。那张网功能正常，成群的鳄鱼或蛇严阵以待。怎么样？卢修斯·阿纳埃斯·塞内加，你是白白地自杀了，你应该以 500 公里时速坠落……也就是说，每秒将近130 米……你也一样，卢坎，马库斯·阿纳埃斯·卢坎，《内战记》的作者……当然，部分因为你是塞内加的侄子……当然，因为你也是自杀的，虽说也很年轻……也就是说，自己切开自己的血管，免得尼禄来切……这没什么，顺便说说，他曾在诗中这样描写血管：

生命从未流成一条如此宽广的路……

当然，让人直打冷颤，但是写得真棒。这些罗马作者都很棒。不过都很沉……如今挪动他们只是因为，一个不学无术的人，一个野蛮人居然被视为一位罗马公民，提比略的改革及其各种后果因而也波及到他，其中就包括安眠药。毕竟是共和国的遗迹……他没读过马提亚尔、尤维纳利斯或佩尔西乌斯的任何一行诗，却在这里吃什么安眠药……没有任何精神活动，只有一种消化作用，瞧，给他来点镇静剂，就得了！民主……在经历过民主之后，这些兄弟们（手指那些雕像）失去了鼻子和耳朵！……唉！喝上一口吧。（走向双耳瓶）上路的酒。"请用法莱尔纳醉人的苦酒，斟满我的酒杯，侍童……"① （斟满杯

---

① 这是普希金《给侍童（译自卡图卢斯）》（1832）一诗的开头两句。

子，走向一旁）好吧，经典作家们。被砍下的文明脑袋……智慧的统治者。人们指责文学容易逃离现实，文学因此受到过多少指责啊！现在正是接受这些指责的时候。该从云间（打开垃圾道的门）下到地面了。比如说，从星空回到荆棘丛生的路。更确切地说，回到台伯河的浑水。就像一位诗人说的那样……

[图利乌斯一边说话，一边把经典作家的雕像一个接一个塞进垃圾道口。囚室里仅剩下两座雕像，即奥维德和贺拉斯。图利乌斯把床垫、枕头也塞进垃圾道，自己随后弓起后背，倒着钻进垃圾道口。

图利乌斯

（面向余下的两座雕像）你们也很可怜。你，也许（拍拍贺拉斯的头顶），还没在这里住惯。而你……（面对奥维德）那句诗怎么说的来着……"无论和你在一起，还是离开你，都活不下去"……听天由命吧。（图利乌斯边说边捏住鼻子，消失在垃圾道中。）

[幕落。第二幕终。

第三幕

[仍是那间囚室。清晨。阳光映照天花板，像是从下方射来。金丝雀高声鸣叫，叫声惊醒普勃利乌斯。

普勃利乌斯

（伸懒腰）乌——啾——啾啾啾，乌——啾——啾啾啾，啾啾……提布卢斯，卡图卢斯，普洛佩提乌斯……啾啾，啾啾……唱起来了，你这条小母狗……听见了吗？图利乌斯……啊？他还睡着……哦！（坐到床上，双手抱头）哦，这镇静剂……真管用……看来，要来点咖啡。（下意识地按动按钮，屏幕上出现姓名、囚室编号和"预订"一词；普勃利乌斯同样机械地按下按钮，作为回复，闪出"咖啡"一词；他的手无力地垂下，响起咖啡机的声响，大厅里飘出咖啡的香味）乌——啾——啾啾……哟嗬，还翘了起来，啊！……你这个美人儿，有多少公分哪？……唔唔唔……有劲儿……唔唔唔……我现在就……就像他说的那样，谁说的来着？尼禄还是克劳狄，反正都是古人，别相信清早翘起来的家伙，它不是要干事，它是想撒尿。唉唉唉，你要干吗？！……

[普勃利乌斯掀开帐幔，从床上垂下两脚。他这样坐了一会，然后起身走向厕所，厕所里再次响起我们在上一幕结束时听到的声响。他走出厕所，回到自己的小囚室，坐下，倒咖啡，起身，走近窗户，伸懒腰，喝下第一口咖啡，掏出香烟，抽了起来。

普勃利乌斯

天气不错啊，各位长官！台伯河蜿蜒流淌，群山一片青蓝。罗马城，这条母狗，近在眼前。松树在喧嚣，每根松针都能看清。喷泉闪亮，就像一盏盏水晶大吊灯……可以说，整个帝国都能看清，从朱迪亚到卡斯特里克姆……你觉得自己就像是第一公民……虽说当然，这可能只是他们……放映给我们看的……喂，图利乌斯，你是怎么看的？！……还在睡，这头瘟猪……他会错过这美好的一天……也许，还是直播……但就算是录像带……因为，他们录不到比这更好的一天……（喝咖啡）图利乌斯，喂，图利乌斯！快起床，还要躺多久啊……天气不错啊！……喂，图利乌斯！

[普勃利乌斯转过身来，直到此时他才发现不对劲儿：雕像不见了，图利乌斯的小囚室里一片狼藉。

普勃利乌斯

图利乌斯！！！（冲向图利乌斯的小囚室）图利乌斯，你在哪儿?!?！图利乌斯！！！图利乌斯！！！（惊慌变成恐惧，他意识到图利乌斯不见了）图利乌斯，你在哪儿？（冲向厕所，又跑出来，在跑动中意识到自己刚从厕所出来，查看床底，在一切可以藏人的地方搜寻）还有那些经典作家……（在舞台来回奔走，由诸多毫无意义、但同样绝望的冲动构成的一整出哑剧，如闻闻内衣、快速翻动掉在地上的书本、开关电灯、抚摸窗户玻璃等等）图利乌斯！怎么能这样呢。还有奥维德。奥维德和贺拉斯。 15 减 2。等于 13。这个数字不吉利。这我知道。什么？我知道什么？再也没有数字了。数字在这里有什么用！数字在这里有什么用！图利乌斯没了。他错过了这么晴朗的一天。我该怎么办呢，我将来和谁住在一起呢？我会发疯的！你这头瘟猪，你离开我去找谁了啊？你留下我（跪下）去找谁了啊？（大张着嘴巴）啊？啊？啊？瞧，是它，是它在走近我，是它，是时间——间——间。（眼中充满恐惧，退向舞台深处）再也没有其他东——东——西——西——西……（静场，声调平静地）但另一方面，当然，还会塞一个人进来的。不能让这好地方白白空着。最好是个年轻些的人……反正要塞人进来。他们不可能不塞人进来。这不归元老院的自由派管。面积是要出售的。归根结底，8平方米就能住一个兄弟。我该怎么对付这个空间呢，啊？第二张床……杯子……多余的托加……图利乌斯，这可怎么办呢，啊？这会是什么样子的呢，当我被……当我也……"他们最终什么也没剩下，除了一件托加……"主要的是，一只多余的杯子。空杯子。图利乌斯！！！……停下。也许这是他们放的录像……当然，是录像。立体的，三维的，报纸上说的，已经发明了出来。他没有回应。就因为是录像……（他突然端起还冒着热气的咖啡壶，穿过舞台，跑向图利乌斯的小囚室，拿起那只空杯子，倒上咖啡，喝了起来）要么，要么，要么，这是他们在给他放映我的影像！当然是直播。因此他才没有回应。不！这不可能！（双手捂住太阳穴）要么，要么，这是剪接！双重呈现！组合录像！要么是录像加直播！这就是生活！也就是说，就是现实！因此，你会努力做得比现实更好。你会憋住一口气……可是有什么，屏幕？！！（往自己的杯子倒咖啡，喝一口）要么，这录像是在直播它自己。什么才是现实的定义？现实的公式……无论如何，他还是成功了？（打开垃圾道的门，往下看）图利乌斯！喂——喂——喂！无论如何，他们要塞个人进来，最好能塞个年轻些的进来。即便是录像……也是越早越好。（摘下话筒，拨号）越早越好……最好……司法官先生，我是1750号的普勃利乌斯·马克卢斯。是的，早晨好。司法官先生，图利

乌斯·瓦罗不见了。是的，我没找见他。我认为他逃跑了。是
的。什么？已经知道了？您已经知道了！？？！怎么会？大约
是摄像头，是吗？直播……是啊，我相信您，"根本没有那回
事"。什么——么——么——么？他自己打来了电话？从哪条
街打来的？从福纳里街打来的？！可那里……那里离卡比托利
欧山仅一步之遥啊！司法官先生，这个人很危险啊……啊？什
么？他说他要去买小米？小米？（高喊）什么小
米！！！？？？……什么小米，司法官先生！？您怎么了？您疯
了吗？……什么？喂金丝雀？好妈妈啊！在哪儿？！在"热带
雨林"商店？什么，两公斤？他说抱歉，他只要两公斤？说他
只有半个银币？啊——啊——啊——啊！！！（抱住脑袋）他在
半道上，去哪儿？回家？？？司法官先生，您是说……怎么？
他回来了？？就是说，他回来了？就是说，他心平气静的？
啊？就像……镇静……镇静……镇静剂……服用镇静剂！……
他却……什么？5分钟后就会回来？也许更早？在卫生检查
之后？？？……喝口水，吃点东西……（挂上电话）他妈
的……他妈的……他这赌还真打赢了……（下意识
地摸索遥控器，屏幕上闪出预订号码和名称："镇静剂"。之
后孔口出现一个小药盒，一杯水）可另一方面，他们也有可能
塞个老头儿进来。没法保证……法律适用于所有人……虽说也
可能送个男孩过来……（突然想起）安眠药。（端起小药瓶，
开始在囚室里寻找可以藏安眠药的地方）这里……他能找

到……这里他也能找到……夹在书里……不……有了!(他冲向图利乌斯的小囚室,把小药瓶藏在图利乌斯的床底。就在此时,他被走出电梯的图利乌斯撞个正着。)

图利乌斯

你在那里乱刨什么呢?

普勃利乌斯

啊,是你?(故作镇定)我在找凉鞋。我的凉鞋不见了。

图利乌斯

左脚的还是右脚的?

普勃利乌斯

右脚的。虽说两只鞋一个样。

图利乌斯

两只脚也一个样。两只脚也一个样。

普勃利乌斯

你吃早饭了吗?

图利乌斯

吃了，与司法官同进早餐。但我没喝咖啡。（发现自己杯子里的咖啡残迹）这是怎么回事？谁用了我的杯子？！ ①

普勃利乌斯

我以为……

图利乌斯

耍起横来了，你这个恶棍！速度真快啊！你该睡你自己的床啊？你这个讨厌的野蛮人。

普勃利乌斯

我以为你不回来了……

图利乌斯

我怎么可能不回来呢！！！你干吗要用两个杯子呢？制造垃圾？想念垃圾堆了。祖先的召唤。东方的市场。吃大粪的苍蝇。（在洗脸池里冲洗杯子）一堆细菌。

---

① 此处借用了俄国民间童话《玛莎和熊》的情节：小女孩玛莎走进熊穴，在熊爸爸的椅子上坐了一会儿，用熊妈妈的杯子喝了水，然后躺在熊床上睡着了，两只熊回来后见状发问："谁坐了我的椅子？""谁用了我的杯子？"

普勃利乌斯

你这个种族主义者……我以为你不会回来了，瞧，我还有点，有点想这个人呢。我想，好吧，就用他的杯子喝点咖啡吧。我想，或许还有点图利乌斯的味道。

图利乌斯

什么？能有什么图利乌斯的味道呢？

普勃利乌斯

（发火）屎的味道！下水道和屎的味道！大便的味道！你干吗要回来呢，啊？你不是逃走了吧，是吧？解开了枷锁。你为了什么屎——屎——屎事又跑回来了呢？！……

图利乌斯

安眠药呢？

普勃利乌斯

什么，安眠药？

图利乌斯

我们赌的安眠药。

普勃利乌斯

什么?

图利乌斯

你赌输了。

普勃利乌斯

什么?

图利乌斯

我就是因此才跑回来的:第一,为了证明你输了;其次,为了安眠药。

普勃利乌斯

你疯了!你疯了!你怎么会这么干呢?!要知道你已经逃走了啊!不是简简单单地逃走,而是从铁塔逃走的!你自由了!你可以想去哪儿就去哪儿,你——你——(找不到合适的词)却用你的自由来换一份安眠药!……

图利乌斯

你没想过吗,亲爱的普勃利乌斯,安眠药也是一种自由啊!反过来也一样。

普勃利乌斯

让你的悖论见鬼去吧？要知道，你已经逃了出去！要知道，你还是找到了方法！可你这头瘟猪，却不告诉我！

图利乌斯

你要是换成我，也不会告诉我的。

普勃利乌斯

是的。可我是不会回来的！他们因此获悉了逃跑的可能性！你，你降低了机会！少了一种方式！方法有过。如今却不好使了。

图利乌斯

逃跑的方式，普勃利乌斯，永远存在。留在这里也是一种方式……逃跑能证明什么？证明体系不够完善。当然，这对你来说很合适。因此，普勃利乌斯，你是什么人？一个野蛮人。因此对于你来说，司法官就是敌人，铁塔就是监狱。如此等等。对于我来说，司法官什么人也不是，铁塔什么东西都不是。司法官和铁塔，也就是什么都不是的人和什么都不是的东西，都应该是完美的。否则不如回板房去。

普勃利乌斯

那会更开心些。

图利乌斯

所有的一切迟早都会成为怀旧对象的。因此，哀歌就是最流行的体裁。

普勃利乌斯

还有墓志铭。

图利乌斯

是的。与乌托邦不同。说到乌托邦，那么请问，我的安眠药在哪儿？

普勃利乌斯

少不了你的！你反正回来了。当然，是你自愿回来的，但是和被抓回来的反正一个样。你是怎么回来的，也并不重要。是赤手空拳回来的，还是因为思想回来的。思想，也是一种牧羊犬！

图利乌斯

就算这样，可是我们打过赌的啊。你输了。我赢了。我是回来拿赌注的。（一字一顿）我的安眠药在哪儿？

普勃利乌斯

我怎么知道……这些药片也自由了。无偿提供，元老院的命令。伸手就有……自由也就是安眠药……到处都是……可你……

图利乌斯

我们所说的，普勃利乌斯，可不是一般的安眠药。

普勃利乌斯

那是什么安眠药？

图利乌斯

是**你的**安眠药。

普勃利乌斯

（哆嗦一下）也就是我的自由？

[静场。

图利乌斯

我们不说大话了，普勃利乌斯。药瓶在哪儿?

普勃利乌斯

在右脚的凉鞋里。在你的床底下。

图利乌斯

哼哼。真狡猾。（很感兴趣地看着普勃利乌斯）我一辈子也猜不到。（从床底拿出药瓶，把它藏进托加的皱褶）我去换件衣服，全身湿透了。瓢泼大雨。

普勃利乌斯

（赶紧把目光转向窗户，窗外是晴朗的正午）可现在不是夏天吗?

图利乌斯

（自屏风后）在罗马，普勃利乌斯，永远是夏天。即便在冬季也是夏天。

普勃利乌斯

（再次看窗外）至少，现在是早晨，是吗? 就像基督教时代所说的那样，是 10 点。

图利乌斯

早晨，是早晨。你别激动。这一点他们还没学会敷衍了事。

普勃利乌斯

与他们无关。我指的是缩短昼夜。

图利乌斯

为什么?

普勃利乌斯

因为是终身监禁。延长也与他们无关。

图利乌斯

（沉思地）史诗题材。不长不短。（从屏风后走出，披一件新熨烫的托加，走到桌边，给自己倒一杯咖啡，从托加里掏出一支雪茄，躺在床上。第一个烟圈。）

普勃利乌斯

不分享一下吗?

图利乌斯

?

普勃利乌斯

喂，分享你是怎么钻出去的。分享你的计划，如此等等。现在反正无所谓了。也就是说，是在事后了。

图利乌斯

你在事后也不和我分享你的安眠药。

普勃利乌斯

这些药片又有什么要紧的呢！？你可以把它们全都拿走，在我睡觉的时候……

图利乌斯

（清晰地，一字一顿地）我不是小偷，普勃利乌斯。我不是小偷。你甚至无法把我变成一个小偷。我是罗马人，而罗马人是不偷盗的。这瓶药是我挣来的。你明白吗？是——挣——来——的。是用我自己的命挣来的。这是实话。

普勃利乌斯

了不起，用命挣来的。你把经典作家丢进了矿井。基督徒们就是这么干的。

图利乌斯

基督徒会比我感觉轻松一些。首先，矿井毕竟是矿井。至少他们不用怀疑那究竟是真正的矿井还只是放映的镜头。其次，我不仅把他们丢了进去，我自己也跟了下去……

普勃利乌斯

他们毕竟是经典作家。智慧的主宰……总之，你自己是你自己的刽子手，自己是自己的受难者。这一切全都因为不幸的安眠药。

图利乌斯

有意思，（在指间摆弄药瓶）就是这个，就是这个小药瓶（摇动药片），使我产生了那个想法。

普勃利乌斯

什么想法？（一跃而起。）

图利乌斯

这是一个圆柱体，矿井的坑道也是圆柱体。只不过更长。不那么透明。尽管也很狭窄。直径不到 1 米。只有 75 公分，不会再多。洞壁，他妈的，也很湿滑。

普勃利乌斯

抹了油，是吗?

图利乌斯

是的，也因为潮湿。有些地方长了霉。

普勃利乌斯

那又怎么样?

图利乌斯

于是我就做出一个决定：我不能直着身子往下跳，而要先把床垫对折起来塞进去。床垫在洞里会松开，也就是说，会卡在洞里。会产生摩擦。要是直着身子往下跳，或许就不会产生摩擦。

普勃利乌斯

是的。

图利乌斯

就这样，我和床垫一起向下滑。一出现重力加速度，我就用脚把床垫踩向洞壁。就像踩刹车……

普勃利乌斯

持续了很久?

图利乌斯

大约，嗯嗯，像解个大便。或者冲个澡。虽说那味道就像是大便。还很黑。

普勃利乌斯

然后呢?

图利乌斯

然后就是那张网，被经典作家们摧毁的网。然后是阴沟，从前的地下避难所。你被冲进台伯河……然后就浮了起来。

普勃利乌斯

我们在大莱普提斯当兵的时候……

图利乌斯

普勃利乌斯！求求你了……

普勃利乌斯

我说的不是那种事，我只是想说我得过游泳比赛的桂冠……嗯——嗯，这没什么。（摆摆手）瞧，他们如今要建造的新网，会比先前的更糟。会是电网。或者激光网。最新技术。

图利乌斯

是啊，还有喷射器。喷射元粒子。但是另一方面，这里也不止我们两人。还有餐厅……也有电视天线。还有其他一些囚室。甚至好像还有防空武器。有很多副产品。

普勃利乌斯

你认为他们的厨房在哪儿呢？在我们下面还是我们上面？

图利乌斯

好像在下面。但食物最终还是从上往下送，是的。在他们那里有机会爬上去。去看一眼世界。

普勃利乌斯

（忧伤地）世界最好是在近处看……离得越近，你知道吗，感觉就越敏锐。

图利乌斯

只是嗅觉而已……你要是真的思念世界，我在上完厕所后也可以不冲水。

普勃利乌斯

说得俏皮。你以为这还有什么区别吗？也就是说，在你逃走之后？这两个雕像，（他的声音里突然充满希望，他用手指指向剩下的两座雕像）你干吗要留下他们呢？

图利乌斯

（摇头）不，不能用这两个……只是为了换个班，留个种……个人的偏好。我从小就喜欢奥维德。你知道《变形记》是怎么结尾的吗？

> 我的作品已完成，朱庇特的怨恨，
> 刀剑和火焰，贪婪的衰老，均无法将它毁灭。
> 罗马的势力扩张到哪片土地，哪里的人民
> 就会把我阅读，如果诗人的预感灵验，
> 我的声名将千秋万代地流传。

普勃利乌斯

我真想睡一下《变形记》！……

图利乌斯

（继续）请注意此处他无意中使用的一个字眼："预感"。而且还是"诗人的预感"。瞧，后面本来应该紧接着："我的声名将千秋万代地流传……"可是不，他停顿一下，也就是说，中断叙述，坐下来喘口气，然后才说道："如果诗人的预感灵验"，然后才是"我的声名将千秋万代地流传"。毕竟是令人羡慕的清醒啊。

普勃利乌斯

（绝望地）这和我们有什么关系？！你在这里预感，他们在那里安装一张新网！这就是预感！

图利乌斯

有关系，关系就在于他说得对。的确"千秋万代地流传"，的确是他的"声名"。因为什么？因为他表示了疑惑。"如果诗人的预感灵验"，这一句就源自疑惑。因为在他那里，除了"千秋万代地流传"，也同样再无其他东西。也就是说，除了时间，他再无他物。因为他也同样处于空间的边缘，当他被奥古斯都赶出罗马时，奥古斯都与你儿子同名，也叫屋大维。只不过，奥维德是处于水平的边缘，而我们是处于垂直的边缘……"罗马的势力扩张到哪片土地，哪里的人民就会把我阅读……"是的，是扩张。毕竟将近海拔1000米。而且还是在2000年之后……如果把两者相乘……这一点他自然没有想到，会有人在稀薄的空气中将他阅读。

普勃利乌斯

这就是成为经典作家的意义!

图利乌斯

你是一头蠢驴，普勃利乌斯，一头蠢驴，而不是一个野蛮人。更确切地说，是一个野蛮人和他的一头蠢驴……就像一位诗人说的那样。他说的是另一位诗人……经典作家成为经典作家，普勃利乌斯，是因为时间。不是在他之后持续的时间，而是对于他来说在生前死后均保持一致的时间。瞧，就是在他生前就已经存在的时间。因为诗人所面对的，始终就是与时间相关的事情。无论他年老还是年轻，都是如此。即便他写的是空间。因为诗歌，诗歌是什么? 它就是重构的时间……任何一首诗歌都是如此。即便是一只鸟的歌。因为一个声响，或者一个音符，会占据一秒钟，另一个声响也会占据一秒钟。声响，比如说，是各不相同的，而每一秒钟与每一秒钟却永远是相同的。但是，由于声响，普勃利乌斯，由于声响，每一秒钟与每一秒钟却会成为不同。你去问问你的金丝雀，你不是能和它谈话吗? 在你看来，它在歌唱什么呢? 是在歌唱时间。当它没在歌唱的时候，它也是在歌唱时间。

普勃利乌斯

在我看来，它就是想吃东西。它唱歌的时候就是有盼头。它不唱了，就是没盼头了。

图利乌斯

顺便说一句，我为它弄到一些小米。两公斤。我的钱只够买两公斤。

普勃利乌斯

我知道。是在福纳里大街买的。

图利乌斯

是的，在"热带雨林"商店买的。你是怎么知道的?

普勃利乌斯

司法官说的……那儿有根柱子，上面写着"记住，你会死的"，就是那地方吧?

图利乌斯

是的。我认识那儿的一位妓女。十分漂亮。一头黑发，两只眼睛就像两只毛茸茸的黄蜂。她养了几只孔雀。她识文断字，还知道中国皇帝……包养她的人后来娶了她，开了这家"热带雨林"商店，让她做点事，经营鸟饲料。她丈夫是个体面的畜生，提着一把剑四处找我……

普勃利乌斯

听起来很有哀歌味道。

图利乌斯

这是因为过去时动词的过剩。

[静场。

图利乌斯

我们来比剑吧?

普勃利乌斯

一大清早就干? 就像姑娘对士兵所说的那样。

图利乌斯

正是。活动活动筋骨。活活血……你今天称过体重了吗?

普勃利乌斯

还没有。昨天称了。同样的事情，在发胖。因为，发胖比减肥容易得多，很有意思，是吗？从理论上说应该一样简单。或一样复杂。（起身走近遥控器）用剑还是用匕首？

图利乌斯

用剑。你嘴巴里……

普勃利乌斯

我嘴巴里老是有味儿。你那家伙都冒出来了……用帕提亚剑还是希腊剑？

图利乌斯

希腊剑。

普勃利乌斯

（按下遥控器按钮，屏幕上出现预订物品名称）为什么大自然也是这样的呢？体积的扩大比缩小更自然一些呢？

[出现两把剑，普勃利乌斯和图利乌斯一边查看剑，一边继续交谈。

普勃利乌斯

到什么地步为止呢？也就是说，一方面，当你在发展，从一个男孩发展成一个男子汉时，这就是在扩大。大约要持续二三十年。然后会出现惯性。可是为什么恰恰是肚子在扩大呢？就因为它一直挺在最前面吗？……可另一方面，你是在往哪儿发展呢？大家都知道最终的去处。是他完全不需要的地方。他的缺席也无人需要。在另一个世界……

图利乌斯

（查看剑）也许，体积越大，就能在这个世界持续得越久。至少，腐烂的时间会更久一些。解体，普勃利乌斯，也是一种存在形式。

普勃利乌斯

是的，如果尸体不火化的话。当然，这取决于司法官！来，见血为止。

图利乌斯

见血为止。

[两人击剑。

普勃利乌斯

可是如果说，增大（冲刺）是自然的，那么缩小（挑剑）就是
人工的。

图利乌斯

人工的有什么不好？（冲刺）一切人工的都是自然的。（再次冲
刺）更确切地说，人工就始于（挑剑）自然的终结。

普勃利乌斯

人工（冲刺）在那里终结呢？

图利乌斯

可怕的是，普勃利乌斯，（反攻）人工没有终结之处。自然却
自然地终结。（将普勃利乌斯逼向对方的小囚室）也就是说，
它成了人工。人工没有终结，（冲刺）无论何地，（再次冲刺）
无论何时，（再次冲刺）无论何种方式。（普勃利乌斯跌入小囚
室）因为在它之后不会有任何东西。就像一位诗人说的那样：

> 这比孩子们成为
> "波波族"还要糟，
> 因为在这之后

没有任何的物。①

普勃利乌斯

哪位诗人说的?

图利乌斯

一位东方诗人。

普勃利乌斯

也许,人工如果长久地作为人工,最终就会成为自然。鸡蛋就会成为鸡。但是从另一方面来看,这也等于什么都没说。从内部来看,同样未必。因为人工是一种表面现象……我始终觉得,图利乌斯,看一眼鸡蛋,尤其是早晨,当我打破鸡蛋,煎个荷包蛋,我就觉得从前存在过一种文明,能用有机的方式出产罐头。

图利乌斯

在这个意义上,我们全都是罐头。某人留给未来的煎蛋。当然,如果不被火化的话……你拿起剑来。

---

① 这是布罗茨基《诗章》一诗中的诗句。

普勃利乌斯

（不情愿地走出小囚室）我发胖了。我记得，在利比亚的时候……（突然生气）干吗要保持体形！干吗要减肥！更何况，如果是某人留给未来的煎蛋……或者如果被火化……这对你更好，因为我越胖，占的空间就越大。这样一来，留给你的时间就越多，因为大家反正无所谓，无论有没有普勃利乌斯·马克卢斯，都会从你开始。就算有普勃利乌斯·马克卢斯，他长得是胖是瘦，又与别人有什么相干呢？谁对此事感兴趣呢？诸神吗？自然吗？恺撒们吗？谁会感兴趣呢？……诸神才不在乎呢。恺撒也是一样。在这个意义上，恺撒就是得到诸神祝福的君主。大自然呢？……大自然会在意一棵树的形状吗？

图利乌斯

像是一场争论的题目。

普勃利乌斯

我认为，大自然也不会迷上一棵树的剪影！虽说这棵树一年有四次变化。可这恰好体现出了无动于衷。腻歪了。薅下树叶……可是树，或许只有树叶。可它，一路上只忙着这件事，忙着数清树叶。数清自己绿色的金币……一张，两张……

图利乌斯

好吧，鼻涕流干净了。我说，你拿起剑来……不过，常绿的东西也有。比如，月桂。松叶。如此等等。

普勃利乌斯

剑，比如说，我可以拿起来。接下来呢？我们相互碰一下剑。分开。冲刺，反攻，后退……接下来呢？我们打累了。接下来呢？你赢了，我输了。或者相反。有什么区别呢？谁能看到这场决斗呢？甚或我杀了你，或者相反，你杀了我，也没有人能看见。虽说我俩说好了，见血为止。可是，谁会看这场击剑比赛呢？谁会看这场好戏呢？更不用说直播了。甚至连司法官也不会看。司法官会看录像，如果没有凶杀，时间不合适，他就会抹掉录像。在工作日结束的时候。不是因为舍不得录像带，或者给转轴上油，只是因为缺少情节。

图利乌斯

不。他们不加选择地录下一切。明令禁止他们抹去录像。谁知道呢，或许可以从中确定罪犯的手法。即便没有犯罪。反正有手法。可能的罪犯。以便揭露可能的犯罪。也就是现实的公式……因此，普勃利乌斯，情节是有的。情节永远会出现，不依赖作者。也不依赖剧中的出场人物。也不依赖演员。也不依赖观众。因为真正的观众并不是他们。不是池座和楼座。他们也是出场人物。更确切地说，是没有出场的人物。他们只有一位观众，那就是时间。怎么样，再来比几剑？

普勃利乌斯

（不情愿地拿起剑）你可等不到这位观众的掌声。就算你赢了。你要是输了就更不用说了。看剑！

　　[两人击剑。

图利乌斯

因为赢了，（冲刺）是一场闹剧，输了，（又一个冲刺）也是一场闹剧。（在普勃利乌斯进攻时退守）逃走是一场闹剧，自杀也是一场闹剧。时间，普勃利乌斯，才是一位大文体家……（进攻。）

普勃利乌斯

那什么（防卫）才不是闹剧呢？

图利乌斯

瞧，击剑（冲刺）就不是。（退守）这种运动，在舞台上左右运动。就像钟摆。像没有提高音调的一切……这就是艺术……一切不模仿生活的东西，只发出滴答之声的东西……一切单调的东西……不像公鸡那样鸣叫的东西……越是单调，就越近似真实。

普勃利乌斯

（扔掉剑）刺中。可这样能一直听到世界末日。

图利乌斯

（击剑动作又持续片刻）在彼时。在之后。在之后——之后——之后——之后……到第一滴血。到第二滴血。到最后———滴——血……人们就是因此而战斗……哎呀……我们说好的，见血为止……

普勃利乌斯

你刺伤我的膝盖了。

图利乌斯

啊，对不起。我没发现。我希望你伤得不重。

普勃利乌斯

没事儿。一道抓痕。就像狮子对角斗士所说的那样……

图利乌斯

药盒里有药棉和碘酒。包扎一下……我去冲个澡，一身汗。

普勃利乌斯

（沉思地）不——不，让鲜血流淌吧。至少，这能证明我还不是一座雕像。不是大理石像。不是经典作家。因为我有膝盖。很可能是经典的膝盖。不比亚西比德的雕像差。虽说我只见过这座雕像的复制品。或者，也不比雕塑《掷铁饼者》① 差。我看到的也是复制品。那座雕塑中最主要的东西并不是膝盖……不过反正是经典作品。那些总督就用这样的膝盖压住本地的首领们。在大理石澡堂潮湿的地面。在他们郊外的别墅。淡紫色的傍晚……灯火在壁龛中摇曳，油脂融化。棕榈树冠窃窃私语，就像复活的象形文字。首领在潮湿的地面爬行，张大嘴巴喘息。不，漂亮的膝盖。罗马人的膝盖。为了不让图利乌斯在这里对着录像带夸夸其谈……就让鲜血流淌吧……流吧。我甚至还可以再捅一个窟窿。（拿起剑，皱起眉头划破皮肤，用手指从伤口挤出鲜血。他不停地刺破皮肤，挤出鲜血，走出浴室的图利乌斯看到这场景。他观察普勃利乌斯片刻，然后快步走近普勃利乌斯。）

---

① 古希腊雕塑家米隆的作品，约作于公元前 450 年。

图利乌斯

你在干吗?!你疯了吗!?快住手!你这个野蛮人,操你妈的!野蛮人!药棉在哪儿?

普勃利乌斯

(抬起眼睛,眼中有泪)澡洗得很开心吧,图利乌斯。

图利乌斯

没救的白痴!(冲向药箱,取出碘酒和药棉,回到普勃利乌斯身旁)我想起了那些亚洲谚语。狼是养不熟的……(俯身向普勃利乌斯,想为他包扎膝盖)人类已经着陆老人星了,可是这里……

普勃利乌斯

(推开对方)让我安静一会儿!别碰我。

图利乌斯

好吧。我们现在就去摸变压器。我们会抖起来的。我们在脑门上画一个符号。我们再唱点什么。好吗?(再次俯身面对普勃利乌斯)把腿伸过来,别犯傻!

普勃利乌斯

我说了，你走开。（扬起剑，做出威胁动作）让我安静一会
儿。别碰我。让鲜血流吧……

图利乌斯

快停下吧……

普勃利乌斯

让它流吧。鲜血可能是我唯一的证明，证明我真的活着。你却
不想让它流出来。你究竟是替谁干活的?

图利乌斯

你……我想……你是疯了。

普勃利乌斯

四周到处是摄像头。这会让你怀疑所有人。我怎么能知道你不
是一个机器人呢? 装有摄像头的机器人。摄像头藏在体内。也
许，甚至不以你的意志为转移。早在提比略时代就开始了试
验。我在报上读到过。用兔子做试验。再说，你逃出去后又跑
了回来。他们趁机把摄像头植入了你的身体……让它流吧。至
少，我能知道我自己不是机器人。否则我就会开始怀疑了……
或许，一切的一切，包括你在内，都是录好的磁带。是放给我

看的录像带。立体的。包括气味。比如花园和天鹅。或是海岸。因此老是一个风景，资金有限。要么是古典主义。尊奉三一律。为什么不呢？如果要在古典主义和自然主义之间作出选择，我还是会选择古典主义。为什么要拒绝冒充的计算机呢？冒充也是一种绝望形式，古典主义最终也会被编成一个程序。不是从天花板上掉下来的。说到天花板，图利乌斯，我看着天花板，不知道是我在看着它，还是它在看着我……

图利乌斯

你说什么？……

普勃利乌斯

整个问题就在于，你在替谁工作。我在看天花板，这连傻瓜都知道。至于天花板在看我……但如果真是这样，如果天花板在监视我，那么它对我的关注，一定大于我对它的关注。那么，谁才是此处有生命的客体呢？当然，如果你不是机器人，它的注意力就会减弱……不，让鲜血流吧……这场面他还没见过。一个新场面……

图利乌斯

包扎一下吧，我说。看着很难受。

普勃利乌斯

这么说，你不是机器人……虽说，从另一方面说，我也同样会害怕看天花板上的裂缝！……裂缝不是录像。只有可能的灾难才能区分真实和虚构。

图利乌斯

一出闹剧。所有野蛮人都有天生的闹剧感。

普勃利乌斯

（高喊）我必须知道我会死在哪里！！！

图利乌斯

啊——啊——啊……是这么回事。（把绷带和药棉扔给普勃利乌斯）快，包扎一下。（走向窗边，盯着窗户开始说话，但之后突然想起什么，起初面对观众，然后背对观众。在他背对观众时，似乎靠着一堵由灯光构成的假想的墙壁）普勃利乌斯，人……人分成两类，对于一类人来说，重要的东西是地点，对于另一类人来说，重要的东西是时间……当然还有第三类人，对于他们来说，重要的东西是方式。但第三类人通常是年轻人，他们可以忽略不计。

普勃利乌斯

你是哪一类人呢！？你怎么知道人是如何分类的呢？

图利乌斯

只分这两类。嗯——嗯……过程本身决定分类的数量。也就是说，限制了选择。人只分两类。

普勃利乌斯

好吧。而我，显而易见，选择错了。搞砸了。不过也没什么要烦神的，既然是终身，还有什么地方可选的呢？不在这么个地方……呸……在这么个……那个求圆的面积的公式是怎么说的来着？……

图利乌斯

$S = \pi r^2$？

普勃利乌斯

对对。$S = \pi r^2$。在自己的床上。看得一清二楚。全世界都看到我死得光荣……这是最淫秽的作品，也就是放映那个。还有分娩。因为，里面的那个人绝对不是你自己。哪怕将来你能看到你自己出生的情景。通过录像。反正那不是你。

图利乌斯

（从书架上取下《法律大全》）"Y"部……在这里……"淫秽作品"。"每一种能引起勃起的无生命对象……"这就是提比略关于这个问题所说的话。

普勃利乌斯

你干吗老是对我显摆这个白痴！？提比略这个，提比略那个。简直就像基督徒……算了，他好像只活到 33 岁……他知道什么？……如果你活到快 40 岁了，那会怎么样？或者快 50 岁了？……就是一命呜呼的……提比略……无生命的对象……勃起……最大的勃起，就是你翘辫子的时候……

图利乌斯

是啊，就让我成为地球上最后一个人……

普勃利乌斯

让你那玩意翘着，就像这座塔……可另一方面，为什么不让亲近的人享受享受呢。让他们录吧。或者转播吧。也许，这就是我能成功道出的最后一句话……归根结底，图利乌斯，这个 $S = \pi r^2$（用手画一个大圈），我并不反对。幽闭恐惧症当然会发作的，当你想到你会死在这里的时候……想从这里逃走，与其说是要逃离生活之地，不如说是要逃离死亡之地……也就是说，图利乌斯，我并不反对死亡，你别误解我。我也不反对铁塔，不赞成自由……自由或许并不比铁塔更好，谁知道呢……我不记得了……但自由就是死亡主题的变奏。死亡地点主题的变奏。换句话说，就是棺材主题的变奏……棺材已经摆在这里，瞧。只是还不知道死在什么时候，地点已经清清楚楚。图利乌斯，让我恐惧的恰恰就是死亡地点的清清楚楚。其他人的地点还不清楚。我的地点却清清楚楚。

图利乌斯

这地方有什么不好呢……他们也许装了太多的隐蔽探头。但这只会强化与自由的相似……而且，谁知道呢，也许你是对的，这一切也许都是他们放映给我们看的。更有可能是录像。很有可能，这一切都是假定的。倘若这是真实的，它就唤不起真正的激情了。

普勃利乌斯

无论真实还是假定，我反正会死在这里……

图利乌斯

这就是空间的缺点，普勃利乌斯，这就是……主要的是，我想说……其中存在着一个不再会有我们的地方……因此，瞧，它便引起了他们的特别关注……

160

普勃利乌斯

那么，在时间那里也同样有这些地方。有多少……

图利乌斯

（教训的口吻）在时间那里，普勃利乌斯，什么都有，除了地
点。尤其是在日期被取缔之后……而空间……它的每一个点都
可以成为……因此空间得到了如此之多的描绘。所有这些风景
和风光。写生画。纯粹的潜意识……这一套不适用于时间……
比如，难道能画出时间的肖像画或静物画吗……

普勃利乌斯

那你是不在乎什么地点的喽？

图利乌斯

我不在乎什么地点，我也不在乎什么时候。

普勃利乌斯

这就是罗马人的美德！贵族的坚韧！"左手"穆奇乌斯的坚
韧！烧焦的手！① 如果你对地点不感兴趣，对时间也不感兴

---

① 穆奇乌斯是传说中的罗马英雄，他刺杀入侵的克卢西乌姆国国王拉斯·
波希纳未遂，被捕后将右手放在火上烧烤，以示不屈，后获"左手"之
绰号。

趣，那么你对什么才感兴趣呢？对方法感兴趣吗？……

图利乌斯

我感兴趣的是多少。

普勃利乌斯

什么叫多少？

图利乌斯

他们最少要守夜多少小时，才能让计算机确定我的存在状态。也就是说，确定我还活着。我一次要服用多少药片才能保证这一最低限度？

普勃利乌斯

？？？

图利乌斯

你别误解了我。问题并不在于我厌倦了与你交谈。虽说是有些厌倦。问题在于我一夜没睡觉。这也是事实。我就是想模仿时间。也就是说，模仿时间的节律。我不是诗人，无法创建新的节律……我唯一想尝试的，就是让自己的存在稍稍单调一些。较少闹剧色彩。更针对观众……粗鲁地说，就是更多地睡觉。

8 小时睡眠， 16 小时守夜，我知道时间的这种版本。也许，这也可以改变。

普勃利乌斯

（闻之感到震惊）怎么改变？

图利乌斯

比如， 16 小时睡眠， 8 小时守夜。或是 18 小时睡眠， 6 小时守夜。守夜越少，睡眠越多，时间的版本也就越有趣。空间，普勃利乌斯，你瞧，它永远一个样，是水平的。而时间……我已经做过尝试。比如，白天睡觉，夜里不睡。或者三天三夜不睡，然后反过来，睡上三天三夜。但是首先，在这种情况下，（向窗户的方向点头）要为确定白天还是夜晚付出附加的能量。昼夜你也很难测量。其次，这一点最让我担心，就是有一个守夜的最低限度，在发现低于这个限度之后，计算机就会停止提供食物。到那个时候，我就不得不向你讨要食物。很有可能，要拿安眠药来换。这就会毁了整个计划。更不用说会落入提比略在组织铁塔时没考虑到的关系，很有可能是我们自己也不喜欢的关系……

普勃利乌斯

（语速很快地）你所说的"不喜欢"是什么意思？

图利乌斯

指交易、盗窃、怀疑、向司法官告密……你自己在罗马生活过……我对司法官做出什么解释，他大约都会相信……

普勃利乌斯

或许可以问问司法官，你可以有多少片药？

图利乌斯

你说的什么话！说的什么话！（小声地，伸出一根指头放到嘴边）我可无权拥有更多的安眠药。我在上个月就做出了选择……不，这事儿谁也不该知道……是秘密……归根结底，如果说诗人对时间的兴趣是出于职业，那么我，就是出于爱好。爱好者凭本能行动……比如你，你一夜吃几片药？

普勃利乌斯

2片到2片半。 3片。

图利乌斯

也就是说， 3片， 8小时睡眠。 16小时，就等于要6片。我们要记住： 16：6。也就是说， 6：16。比如说，我们需要17小时睡眠。为了得到17小时睡眠，就必须在6片的基础上增加数量，增加多少呢？等一等。我们把16除以6。也就是小时数除以药片。最后的结果……等一等。胡说。是药片除以小时数。 6除以16。我们得到的，首先是个小数。普勃利乌斯，你跟得上我的思路吗？

普勃利乌斯

我充满嫉妒和欣赏。

图利乌斯

等等，结果还没出来。也就是说，小数再加上……算错了。总之，如果取一个整数，就是1片药相当于4小时睡眠。这药片很有劲儿！管用！也就是说，¼片等于1小时睡眠。也就是说，如果我们想多睡17个小时，我们就应该……就应该……吃7片多……对吗……（不太肯定）我们就应该……

普勃利乌斯

你要时间有什么用呢？你是怕期限不够用吗？要知道，我们可是终身监禁的！

图利乌斯

问题恰好在于，我的朋友普勃利乌斯，终身会过渡到死后。如果是这样的话，死后也可以过渡到终身……也就是说，生前存在着认知身后的可能性……一个罗马人是不应该错过这个机会的。

普勃利乌斯

也就是偷窥的机会？……

图利乌斯

（近乎喊叫）时间也在偷窥！……

普勃利乌斯

偷看？透过一个小孔？……

图利乌斯

在一定意义上是的。但不是在看。是闭着眼睛的。水平状态。

普勃利乌斯

我们在高卢当兵的时候……

图利乌斯

普勃利乌斯！求求你了！看在圣人的分上……

普勃利乌斯

我认识一位希腊人。他很有进取心。他倒卖房屋。他有一幢房子。6层还是8层，我不记得了。住了几户寻常人家。丈夫，妻子，孩子。这个骗子，你知道他想出了什么主意？他装了几个微型摄像头代替灯泡。三个银币就可以看上整整一小时的家庭生活。也就是做爱。全部的问题就在于，他们夫妻今天可能会决定不做这种事情……于是，你的银币就要开始哭鼻子了。也可能相反，你就要开始哭鼻子了……

图利乌斯

你干吗要跟我说这些呢？

普勃利乌斯

人们在他面前排起了长队！因为有概率因素。你知道，这是能让人兴奋起来的！如果他们有个婴儿，尤其如此……他们起先要哄孩子入睡……或者孩子在他们做爱时醒来……咿呀乱语。你瞧着吧！……已经晕晕乎乎的她，从床上爬起来，跑到孩子的房间……尤其是，如果那是个金发女人……等她回到床上，他那玩意儿已经……

图利乌斯

别再说了！

普勃利乌斯

那个希腊人，他发了大财。他开了许多连锁店。叫"百眼巨人"公司。你没听说过吗？

图利乌斯

没有。

普勃利乌斯

也就是说，他心想事成了。

图利乌斯

（数药瓶里的药片）在从前，普勃利乌斯，像你这样的人要被割掉舌头，切掉耳朵，剜掉眼睛。或者被活活剥皮。或者被阉割……也许，我忍受所有这一切，就是为了折磨已经受到惩罚的人，首先用囚室，其次用你大脑中的思想，结果出现了同义反复。戏中戏。

普勃利乌斯

或者是你踩到了狗屎。（手按肚子）午餐快到了。

图利乌斯

我去躺一会儿。毕竟一夜没睡。（数药片）睡觉，睡觉……别把我那份午餐给吃了，听见了吗？……我们今天吃什么？……鸽肝酱……鳟鱼烧鹳蛋……好啊，终于有鱼了……鹳蛋至少给我留着……当早餐……确定一下，（把药片倒在手掌）8片。

（把葡萄酒倒进酒杯，吞下安眠药，用酒冲服。）

普勃利乌斯

你别走，等一等……我该怎么办呢？整整 16 个小时！

图利乌斯

是 17 个小时。

普勃利乌斯

更难熬了！你考虑过我吗？你这个个人主义者！罗马贵族！你
们全都这样！所有人因此都不喜欢你们……我该怎么办呢？你
完全不在乎我，是吗？

图利乌斯

别嚷！你看看电视。音乐也会有的。然后散散步。看看书……
读读这些经典作家……经典作家读起来会更加愉悦的，当你知
道他的模样……

普勃利乌斯

那我和谁交谈呢？！出声地自言自语吗？我还要……17 个小
时。孤身一人。我会发疯的……我顶不住……

图利乌斯

你有什么要顶的呢？你有什么要说的呢？（哈欠）相反，我让你能安静一会儿……（哈欠）等我醒来，我会告诉你我看到了什么……关于时间……那边也会放映场景的……（哈欠。）

普勃利乌斯

你别打哈欠了！……（抓住图利乌斯的衣襟）停下！先别躺下……怎么能……（抱住脑袋）孤身一人待在这 πr^2 里呢……就像一个点，圆规画出来的那个中心点……你这个恶棍，你在做什么啊……就好像我不是一个人似的……别打哈欠了！！！唉，我的脑袋要裂开了。你难道不明白吗？！……

图利乌斯

（一个大大的哈欠）一个人，普勃利乌斯……一个人，（再次哈欠）人有什么特别的呢……（哈欠）你转过身去。

普勃利乌斯

干吗？

图利乌斯

我要把安眠药藏起来。要换衣服。

普勃利乌斯

（转过身去）我不会拿的……不过你得抓紧时间。

图利乌斯

（哈欠）马上就好……马上就好……（把药片藏进金丝雀笼子）就好，就好。（回到小囚室）唉，我的（哈欠）托加哪儿去了？……羊毛托加……

普勃利乌斯

（转过身来）你最好穿那件白色的托加。

图利乌斯

不是请你转过身去吗？我要换衣服……

普勃利乌斯

我只是……瞥了一眼……你干吗穿这件？穿那件白色的。

图利乌斯

（哈欠，几乎赤裸）不，灰色的更好一些……更像时间的颜色。时间，普勃利乌斯，（哈欠）也是灰色的……就像北方的天空……或者像北方的波浪……（哈欠，展开托加）看见了

吗？……时间看上去就像这样……或者，（把托加对折起来）
就像这样……或者是这样……（换一种叠法）灰色的破布。
（披上托加，躺下。）

　　［静场。

普勃利乌斯

怎么能这样呢？我无法知道时间究竟过去了多少。要知道，沙
漏也被取缔了。

图利乌斯

你别急。我会自己醒来的。 17 个小时过后。（哈欠）那就说
明已经过了 17 个小时……当我醒来的时候……

普勃利乌斯

怎么能这样呢……

　　［静场。

图利乌斯

普勃利乌斯。

普勃利乌斯

什么?

图利乌斯

请帮帮我。

普勃利乌斯

怎么帮?

图利乌斯

把贺拉斯搬到我身边来。

　　〔普勃利乌斯移动雕像。

图利乌斯

谢谢。还有奥——(哈欠)维德。

普勃利乌斯

(搬来奥维德雕像)怎么样?

图利乌斯

啊哈……再近些……

普勃利乌斯

这样?

图利乌斯

再近些……

普勃利乌斯

经典作家……一位经典作家比一位普通人离你更近些……

图利乌斯

(打哈欠)比什么人?

普勃利乌斯

比一位普通人……

图利乌斯

啊?……人?……人,普勃利乌斯……(打哈欠)人是孤独的……(又打一个哈欠)就像一个被遗忘的思想。

[幕落。剧终。

1982 年